KB270281

굴포운하

시아현대시선 **030**

굴포운하

오영미 시집

인쇄일 | 2025년 11월 05일
발행일 | 2025년 11월 13일

지은이 | 오영미
펴낸이 | 김영빈
펴낸곳 | 도서출판 시아북(詩芽Book)

출판등록 | 2018년 3월 30일
주소 | 대전광역시 동구 선화로214번길 21(3F)
전화 | (042) 254-9966
팩스 | (042) 221-3545
E-mail | siab9966@daum.net

값 17,000원

ISBN 979-11-94392-53-8(03810)

---

* 저자와의 협의에 의해 인지를 생략합니다.
* 잘못된 책은 바꿔드립니다.
* 본 사업은 2025년도 충남문화관광재단 예술지원사업기금을 지원받아 제작
  되었습니다.

굴포운하

오영미 시집

시아북
詩芽BOOK

몇 해 전 나는 그리스 발칸반도를 여행하고 있었다. 수에즈운하, 파나마운하와 함께 세계 3대 운하 중 하나인 코린트운하! 이오니아해의 코린토스 만과 에게해의 사로니코스 만을 잇는 운하다. 1881년부터 1893년까지 건설되었다.

길이는 6.3m, 폭은 상단부 기준 24.6m, 바닥 기준 최저 폭이 8m로 좁게 느껴졌다.수심은 8m, 양쪽 절벽의 높이는 52m 규모에 비해 좁은 통로여서 큰 배는 통과 할 수 없고 소형선박이나 관광 보트와 요트 등이 통과했단다.

나는 여행하면서 아니 여행이 끝난 후 어렴풋이 알고 있던 상식으로 줄곧 서산의 굴포운하를 생각했다. 미완으로 끝난 상태로 팽개쳐진 듯 볼품없이 현존하는 모습이지만 수에즈운하보다 752년 앞섰고 파나마운하보다 671년이나 앞서 시도했던 아직도 역사가 살아 있는 전설 속 운하가 바로 '서산 굴포운하'다.

충남 서산에서 우리나라뿐 아니라 세계 최초로 운하 건설의 필요성을 언급하며 건설을 시도했다는 것은 참으로 감격스런 일이 아닐 수 없다. 이는 단순히 역사를 읊조리는 것을 떠나 대한민국의, 충남의, 서산의 소중한 보고寶庫로 발현發顯해야 한다.

나는 시간을 거슬러 굴포운하의 역사를 재조명하고 현장을 찾아 현재의 모습을 시 창작으로 승화시키고 싶었다. 역사의 현장을 수십 번 찾아 그들의 희생과 노력에 대하여 깊이 있는 연구를 하고자 시도했고, 많은 자료들을 확보고자 시간을 할애했다.

하지만, 이 부분은 주제와 접근 방법이 절대 가볍지 않을 뿐 아니라 단순히 시 창작으로 그치기엔 그 범위와 형상이 너무 커서 지자체와 충청남도 나아가 국가적인 차원에서 지원과 협조가 있어야 하는 부분이라고 생각한다.

미완성의 굴포운하가 현재의 기술로 다시 태어나 세계적으로 결코, 뒤지지 않았음을 증명해 보였으면 좋겠다. 이는 스토리가 있는 서산의 관광자원으로 승화하여 역사와 의미를 되새기며 관광할 수 있는 계기를 마련하고 특색있는 테마로 홍보한다면 특색있는 지역 문화유산으로 부족함이 없다고 확신한다.

천수만과 가로림만을 뱃길로 잇는 관광인프라의 주요 운하 건설! 지금이라도 늦지 않았다. 서산시에서 관심을 가지고 추진해야 할 사업이다. 강한 조류를 이기지 못해 실패로 끝나버린 조선 기술은 얼마든지 극복해 낼 수 있는 훌륭한 기술을 가지고 있지 않은가. 세계 최초의 운하 건설 강국의 명성을 되찾기로, 나는 촉구한다.

나는 이번 시집에서 서산시가 굴포운하의 재건에 대하여 진심으로 고민해 보길 기대하며, 이 시집이 미완으로 끝난 '운하의 못다 이룬 꿈'을 다시 재조명하고,

충남 서산시의 관광상품으로 개발하여 성공하도록 가
교역할 하는 징검다리가 되길 바란다.

2025. 11. 13.

오영미

2부

5부

6부

굴포운하

오영미 시집

Poems by Oh Yeong Mi

1부

굴포운하

천수만과 가로림만을 연결하는
운하유적이 미완성으로
아가리를 다물지 못한 채
충남의 손길을 기다리고 있다

인종 12년(1134년)에 착공하여
현종 10년(1669년)까지 530년 동안
총 7km 중 4km만 개착開鑿 상태다

1134년 이후
미완의 3km 굴착을 시도하였으나
토목기술이 자연환경을 이기지 못해
1412년과 1669년 거듭 포기를 해야했다
이에 충남과 서산시에 제안한다

태안읍 인평리와 서산 팔봉면 어송리 간幹
그 경계의 운하 건설
호남 지역 곡물을

서해안 바닷길을 통해 한양으로 운송하고자
노력한 흔적 모아 다시 복구해 보면 어떨까

터널 뚫는 기술은 세계 최고라 자부한다
전 세계인을 불러 모아 잔치를 하자
우리 충남의 문화유산 살리기에
'힘쎈충남'이 다시 도전해 볼 일이다

세계적 파나마운하와 수에즈운하보다
훨씬 앞선 고민이 우리 대한민국,
891년 동안 침묵하고 있는 굴포운하가
여기, 글로벌 충남 지역 서산에 있다

100일 동안의 제자리

서주(서산) 부석사에 오셨나요

높이 50.55cm
무게 38.6kg
나는 금동관세음보살 입니다

그 좌상 100일 친견이
시작되었습니다, 영광스럽게도
2025년 5월 5일까지입니다

약탈의 약탈로
약탈을 위한 약탈은
약탈이 될 수 없는 것인가

왜 나만 정직한 거 같은가
왜구에게 도난당한 당신
100일간의 귀향만 허락되다니

친견하니 참 귀하십니다
마주하니 더 안타깝습니다
안녕하시니 다행입니다
살아 계시니 안심입니다
어디에 계시든 그만 다행입니다

당신의 영혼을 사랑했고
사랑한 당신 사모하며
생사 확인했으니 이만 되었습니다

이제는 운하의 제자리 차례입니다
못다 이룬 약속을 지켜야 할 때입니다
당신을 기다린만큼 어서 내게로 오십시오

오해와 확신

우수경칩이라네요

겨우내 언 마음을 풀어야 합니다

아직 당신은 나에게 얼음입니까

나는 당신에게 물레방아입니다

서로 흐르고 돌아

멈추지 않는 사랑이어야 합니다

운하는 아직도 동면冬眠 입니까

장마

나 닮은 줄기와 선으로

너에게 나를 닮아보라고 말하기엔

그 굵기로 버틸 시간이 얼마 남지 않았으므로

부드럽게 보슬보슬, 아니

사납게 두들겨 패는 후두둑 소리

네가 나에게로 와서 물방울 되듯

굴포운하 어귀쯤 너를 기다릴 수만 있다면

장맛비에 키 큰 억새가 휘청휘청

그 빗물로 나는 흐르고 흘러

가로림만과 천수만 거기쯤에서 만날 것이다

풀밭에서 삽질하다

풀 난 자리에
또 풀이 나
동산 이룬 풀밭에서 삽질한다

땅속은 보드랍고 촉촉했다
가끔은 돌이 걸려
깨질 듯 금속성 갈기 소리가 났다

십수 년 품고만 있었지
심어놓은 나무에서
예쁜 꽃이 피고 있다는 사실
왜 몰랐을까

내 곁 가까이에서 간지럼 핀
묵정밭의 봄을 외면했던 나
눈과 마음 돌리고 보니 겨드랑이에
안식처 같은 쉼과 휴식이 있다

을사년 나의 해
나의 키 두 배나 커버린
화살나무를 옮겨 심었다
내가 사랑한 너였으므로 소중했지

운하를 건설하며 흘린 땀에 비교될까
겨드랑이가 간질거리기 전
가장 가까운 곳에 있는 너에게 묻는다
굴포운하 굴착하느라 얼마나 고생한거니

불볕더위

이글거리는 지열이 판을 치는 굴포

뜨거운 태양 거스르며 흐르는 운하

정수리 끝으로 정을 친다

구슬땀 흘리는 것으로 위안이 되나

뾰족한 돌무덤 파헤친다고 길이 열릴까

닳고 문드러진 속사정이야 그들 몫이라 했던가

신음에 떨며 죽어간 넋의 소리 들린다

작열의 무게만큼 멀어진 사람아

지금쯤 발길 돌려 내게로 와도 늦지 않으리

인평저수지

표지판 앞에서 한참 서 있었네

일부러 찾아온 손님처럼 썰렁했네

매일 지나는 내 사랑이 마치 넋 나간 대문 같아

사방 흐릿하고 찢겨진 모습이라니 애처로웠네

희미해진 글자 몇 개 훑으며 현 위치에 머물렀네

강태공 후예들이 쥐 드나들듯 들락거렸던 어죽집

인걸 끊기고 인적 드문 인평저수지 외면받고 있네

나라도 자주 들러 위로해줘야겠다

굴포운하 전설을 상상하며 사랑해줘야겠다

등대수산

서산동부시장에 가면
비린내가 향수처럼 느껴질 때가 있다
등푸른생선이 팔딱거리며
동그랗게 뜬 눈을 보면
왠지 모를 희열과 전율이 닿는다
백합 조개가 입 꾹 다물고 있거나
개불이 꿈틀거리며 울룩불룩
존재감을 드러낸다는 건
내게도 살아갈 용기와 희망을 주는 것과 같다
커다란 집게로 허공을 자르는 꽃게
납작 엎드려 배를 허옇게 드러내 눕기도 하는
광어의 등살은 왜 그리 날렵한지
여덟 개의 발을 가진 낙지가 몸부림치기 시작하면
아무도 못 말리는 당황으로 온몸이 짜릿하다
첫 연인의 추억이 있는 소라와 멍게
이런 수산물이 싱싱한 수족관에서
생물로 유혹하는 향기
이 맛 지나칠 수 없어

찰박과 주꾸미를 검정 비닐봉지에 담는다
어찌 이 해산물을 보고 한잔이 그립지 않을쏘냐
오늘 저녁은 딱 운하 한 병만

까만 똥

요즘 들어 자꾸 까만 똥이 나오기 시작했다
나는 나만의 화장실 루틴이 있다
내 똥의 색깔과 내용물을 매일 확인하는 것
먹은 것 중 무엇이 나올 차례일지
어떤 형태로 나올건지가 궁금하기 때문이다
아, 무얼 먹어서 이렇게 새까만?
마치 내장에 붙어있던 찌꺼기들이
말끔하게 떨어져 나가는 것 같은 개운함
파노라마처럼 시간별로
차례차례 스쳐 가는 식단을 소환했다
주로 먹는 것과 새로 먹은 것들
기억하는 거야 어렵지 않다
비교적 규칙적인 배설하는 편인데도
허리가 무척 아팠던 게 한 달 전 이었지
불어난 체중을 방관한 시간들
십 년 넘게 게을렀던 순간들
독한맘 먹으리라 작심한 지 한달
자꾸 까만 똥이 나오니까

잠시 불안하기도 했다
뭐가 잘못된 건 아닌지
의심할 것도 없는데
목표한 체중 줄이는 건 신나는 일인데
너무 새까만 똥이 잔치하듯 나오니까
은근 걱정되는 나르시시즘
이번에 실패하면 평생 후회한다, 너

서산시장 풍경

서산의 오일장은 2일과 7일
5일마다 장이 열리는
서부상가 새벽시장을 즐겨 찾았었다
초저녁 잠이 많은 대신
이른 새벽이면 어김없이 눈 뜨는데
잠에서 깨어나지 않은 듯
꼼짝않고 서 있는 나무들 올려다보며
그것을 놓칠리가 없다
장이 열리는 것의 매력에도 순서가 있다
누가 뭐랄 것도 없을 텐데
언제나 그 자리엔 텃새처럼
벙거지 모자 쓴 백발의 할머니가 구부리고 있었다
텃밭에서 한 줌 쪽파를 뽑아 와
현장에서 굽은 손가락으로 껍질 벗기는 것이다
뽀얀 속살이 가지런히 누워
나를 유혹하는 것을 즐기는 나는
망설임 없이 안부를 묻고, 깐 쪽파를 모두 사곤 했다
지금은 보이지 않는 또 하나의 미리내
이것이 미르의 시작

난, 죽

난 죽이었다
너무나 꼿꼿해서 부러질 차례가 와도 굽히지 않았다
쩍쩍 갈라져 살 베이고 마는 아찔함이 있어도
빈 마디 주춧돌 삼아 텅텅 소리를 냈다
죽 난 그랬다
너무도 낭창대서 줏대 없다 싶다가도
제자리로 돌아와 은근히 도도하게 꼿꼿하다
콕콕 찌를 것 같은 난향
꽃대 올려 피워낸 자존감이다
별의 노래
당신은 누각樓閣으로 나를 유혹한다
오늘도 난 죽 쑨다
앞으로도 죽,
난 문장으로 꽃을 피워 낼 것이다

그대를 만나러

다산과 율곡 퇴계를 만나러 가야겠다

선암사로 갈까
화엄사로 갈까
광양으로 가야 하나
안동으로 가야 하나

지실마을로 가고 싶다
하회마을로 가고 싶다
도산서원으로 가야겠다
섬진강 매화마을도 가봤으면

'성긴 눈발 같다가도
 일순 달빛같이 서성대기도 하고
 가시에 찔린 손끝에서
 이슬만큼 돋아나는 선혈'이라니

올봄엔 벚꽃보다 그대가 먼저 그립다
퇴계와 율곡 다산을 만나러 가는 중에도

그대와 함께 이런 생각을
그리운 그대에게 이런 마음으로
운하 닮은 설중매 한잔 권해야겠다

삽목插木을 생각하며

동면에서 깨어나면
맨 먼저 내가 좋아하는
수국을 번식시키리라
6월의 절정을
수국의 카멜레온으로 변신하며
장마철 외롭지 않게
비의 꽃과 함께 리듬을 타리라
온전히 나의 몸 잘라
새로운 너를 번식하는 일
무궁한 에너지 안고
수국 만발한 꽃길을 걷겠지
유전자여, 줄기세포여
대지 위에 힘껏 기지개 펴라
온전한 나로부터 독립하기를
운하야, 너는 또 얼마나
많은 성장통과 몸부림으로
뱃길 따라 뿌리 내릴 수 있으려나

오후 두 시의 햇볕

만지고 마시고 부빈다

햇볕 좋은 벤치에 앉아 있는 행인을 눈요기한다

쪼일 때 발가숭이가 되고 싶은 충동

내 몸의 세포가 깨어나고 숨구멍 열리는 느낌

내 창자와 실핏줄의 먼 구석까지 닿아

습지가 환해지고 간과 허파가 기지개를 켠다

구부러진 뼈를 곧추세워

굴포운하 이정표 앞에 서서 쪼이는 슬픔

지나간 시간은 돌이킬 수 없는가

내일의 빛도 당길 수 없는가

당신이 햇볕 되어 옆자리에 앉는다

다가온다 닿는다 보인다

나와 해 사이에는 당신이

비손

새벽 두 시의 이별은
치유와 위로의 미래 굿처럼
가슴을 먹먹하게 했고
온몸이 굳어가는 듯
딱딱한 암 덩어리로 전이되어
목덜미를 휘감았다
조금 전까지 신을 불러 모아
영혼을 달래고 안녕을 기원하고
고통을 떨쳐내는 음악에 맞춰
사업번창 하기를
연애 성공하기를
가정 화평하기를 빌고 또 빌었건만
고작 몇 시간 지나지 않아
이별을 고하며 뛰쳐나가다니
빌어도 소용없으리
별 굿을 한들 소용 있을까
두 손 하늘 높이

운하건설 성공시켜 달라고
신을 불러 다시 청해 보면 어떨까

2부

오전 11시와 오후 4시

주인 없는 호된 가뭄에도
수돗가 흐르는 물 덕분이었을까
오동통한 채송화가 환하게 웃는다
알록달록 싱싱한 분꽃이 다소곳하다
손힘이 없어 늘 수도꼭지를
꼭 잠그지 못한 어머니의 마지막 유산 같은 것
어쩌면 핀잔보다 약이 되는
흠집을 들키지 않으려
앙다문 입술로 돌렸을
수도꼭지라는 걸 나는 안다
힘이 없어야 기운이 먹고 죽으래야 없어져야
흰죽이라도 미끌미끌 짓이기던 때가 좋았어
목구멍으로 넘길 게 있으면 다행인 거여
맛있는 거 실컷 먹어
허공을 맴도는 주문만 정오를 지킨다
극한 여름이 길어진다지
자연이 주는 지혜로 곱게 살다 가야지
오전 11시엔 채송화 보러
오후 4시엔 분꽃을 보러

박꽃

울타리 따라 호박씨 심었다

어린 순이 자라자

잎 모양새가 호박잎과 달랐다

뒷집 사는 명구 아저씨

고추밭에 가려면 이 울타리를 지나야 한다

'먹지도 못하는 박을 심어서 뭣에 쓰려는지 모르겠네'

매번 중얼중얼 입을 삐죽빼죽 혼잣말을 해댔다

점점 자라 하얀 박꽃이 활짝

보름 달빛에 수줍은 듯

별이 되어 손 내미는 정스러운 그대

나는 호박꽃보다 박꽃이 좋았다

낮보다 밤에 순박함이 빛을 발하는

그대 닮아 더 마음이 간다

박꽃이 떨어지자 박이 매달리기 시작했다

둥근 박 조롱박 표주박 무럭무럭 자라거라

너의 등에 고운 시 적어 소나무 기둥에 매달아야지

명구 아저씨도 내 시 읽으며

머리를 긁적일지 모르거든

가을 장마

비가 벼락을 뚫고 하강한다
벽에 부딪혀 멍들어도
바람의 칼에 잘려도 오직 눈물만 흘릴 뿐
아무 말이 없다
뭉크의 절규와 클림트의 키스뿐이다
펄럭이는 창밖을 바라보는
고양이의 등은 아름답다
반쯤 걸친 창틀 아래로 꼬리가 내려져 있다
하늘이 소리를 내기 시작했다
우루르 쾅쾅
번개와 천둥이 동반된 장대비는 무서웠다
이 벼락과 천둥이 나를 회개하게 만든다
이 비 맞으면 꼭 죗값을 치르고야 말 것 같으니
이불 푹 뒤집어쓰고 꼼짝하지 말아야 했다
지금 나는 거실 쇼퍼에 앉아 창밖을 바라보며 나를 쓴다
죄 짓지 말아야지
당당하게 살아야지
죽음은 언제나 오는 것이지만

나의 선택에 의해서 연장과 만기로 구분될 수 있는 것
의식하지 않아도 닳아지는 것들
그 속으로 들어가 보자
돌풍이 이나 보다
신호등 하나가 쓰러진다
빛이 보이던 새벽, 다시 어두워진다
모든 창을 물려놔야겠다

낮 열두 시 반

밤잠을 이루지 못한 건
장마와 폭염 때문이 아닙니다
습하고 눅눅한 찜찜함은
참을 수 있었습니다
내일 낮 열두 시 반이면 만나야 하는데
어떤 옷을 입고 나갈까
화장은 어떻게 할까
머리는 묶을까 핀을 꼽을까
신발과 가방은 어떤 걸 선택하나
시계와 반지 귀걸이는 할까 말까
한 달에 한 번 만나는 당신에게
이리 설레도 되는 것인지요
나의 이런 소녀 감성을
당신은 감쪽같이 모르십니다
여름밤 꿉꿉함은 달랠 수 있지만
밤새 콩닥거리는 두근두근은 참기 어려운걸요
내일은 누룽지 삼계탕을 먹으려고요
뜨거운 태양만큼 정열을 불태울
낮 열두 시 반은 햇볕에 잘 익은 사과입니다

내 남자 내 여자

유독 소유욕이 강했던 여자
내 것마다 물건에 대한 집착
그것들에 내 이름을 써놔야 직성이 풀렸지
안심은 그 후부터가 시작이야
의심과 보관에 신경 썼지
새것에 대한 애정과
나만의 공간 지키기 위해
불철주야 모든 촉 발동시켜
감시하고 관리하는데 집중했어
조그만 흠집에도 하늘이 무너지는 듯
안타깝고 서러워서 잠 못 잤고
애지중지하던 물건 잃어버렸을 땐
내 심장이 사라진 것처럼
숨쉬기조차 힘이 들었지
이것은 평생 안고 가야 할 숙제
고착화된 나의 성격처럼 루틴이 되었지
변치 않는 버릇과 고집으로
그 남자를 만났는데

여전히 사물처럼 소유하려고만 해
두 발 달린 짐승이 묶여서는 못 산다고
환갑이 넘어서도 티격태격
그 여자는 그 남자가 아직도
서른 살 청년으로만 보여서 그러는 거거든

무기력해 지기 전에

너무 일찍 영글었나보다
남들은 아직 칠순 나이에도
현역으로 경제활동을 하고 있는데
환갑 맞이하는 내가
이렇게 놀기만 해도 되는 건지 슬슬 불안하다

익은 과일은 먼저 따이기도 하지만
봐주는 사람이 없으면
저 홀로 낙과되어 땅바닥에 뒹굴기 마련
누군가의 발에 채다가
밟혀 터지고 곪아 상처투성이일 텐데
은근슬쩍 긴장감 충전하기 위해
나를 되돌아보기로 한다

환갑 되기 전까지 끝내기로 한 노후 준비
계획대로 실행했지만 왠지 헐겁고 쓸쓸하다
팔봉 어송리 밭에 가도 풀 무덤 개운하지 않고
원산도 펜션에 가도 벌려놓은 나부랭이 답답하다

임대 준 서산 상가도 불경기 탓인지
주인장 내외 얼굴에 그늘이 장마철 구름 같다
장사가 안되어 월세를 못 낸다니 속 터진다

병상에 누워계신 아버지의 얼굴이 보인다
이참에 궤도를 수정해 볼까
낙과되어 짓밟히기 전에 주먹 불끈

감나무를 바라보다

눈 감는 시간은 정확하지 않으나
눈 뜨는 시간은 늘 정확하다

5시 알람을 맞춰놨지만
그보다 더 일찍 머리가 일어난다

머리가 눈에게 전달하여
하루 일과 살피라 명령하면
건망증 들킬까 봐 핸드폰에 저장해 둔
스케줄을 살피기 시작한다

4층에서 1층으로 내려오는 발아래
계단은 나에게 말한다

엄지발가락에 힘 줘야 넘어지지 않는다
이 나이에 넘어지면 넘어질 때마다
10년씩 빨리 늙어간다

상처 나면 회복이 느려
자국도 훈장처럼 영원히 남게 된다

주술처럼 입력하며 나의 가게에 도달해
오픈하는 도어록 번호 누르는 순간
짜릿한 전율과 생동감이 확 오른다

나의 아지트
나의 존재감을 느끼게 하는 터
나는 창 너머로 익어가는 감을 바라본다

거칠고 마른 가지에 주렁주렁 매달린
감, 너의 하루 일과는 어떤 거야?
그냥 궁금해졌어

천둥번개 치던 날

옛날얘기 끄집어내면 늙는 거라는데
아마도 고등학교 시절이었을 거야

그날도 그랬었지
하늘이 두 동강 나서
금방이라도 박살 날 것 같았지

번뜩이는 섬광에 맞아 죽을 것만 같아서
옴싹달싹하지 못했지

혼자라는 것에 대하여
무섭고 겁도 나서 나오려는 눈물
꾹 참았는데 빗물이 대신 울어주었지

물 폭탄 세례로 순식간에 불어난 하천이 범람하고
공주 금강교 주변 쌍신리 마을 전체가 물바다

몰래 청춘 외박하기로 한 약속을
지킬 수 없었지, 피신하느라

단화 오빠의 큰소리가
천둥번개를 일으키며 쩌렁거리는데
무서워 죽을뻔했지

울다가 떨다가 친구랑 헤어져
혼자 집으로 돌아가는 길은 그야말로 지옥이었지

오늘 밤 침대 머리맡 창가
그날과 똑같은 굉음으로 우르릉 쾅쾅
하늘이 쪼개져 벌받는 줄
밤새 엎드려 숨죽이고 있지

새벽 알람이 울려도 그칠 기미 없는 장맛비
그날처럼 무서워 지은 죄도 없이

모르는 척

나라면 너처럼 울지 않겠다
그까짓 사랑 때문에
곡기 끊고 누워 서러워한들
지난 추억 헌신짝 버리듯
떠난 사람이 돌아오지 않는단다

나라면 너처럼 웃지 않겠다
그까짓 주식에 하루
빨간불 들어왔다고 좋아한들
허구한 날 파란불로 곤두박질친
손해가 복구되진 않는단다

이보다 더 슬프고 기쁜 순간조차
일희일비로 위로될 수 없는 사연들아
만병통치는 시간이 약이라지
아무 일 없었던 듯
나처럼 모르는 척 외면해도 된단다

죽음도 삶이라고

아, 나도 늙나 봐
치매가 온 것 같아
깜박깜박 기억이 안 나
아프고 쑤시고 무력해져
자신감은 잃은 지 오래고
꼼짝하기 싫어 집안에만 있어
살만 찌고 무기력해질 뿐이야

공산성 앞 마곡 커피숍
쏟아낸 언어가 허공을 떠돌아
카오스로 창문을 두드리고 있다
커피잔은 점점 식어가고
주고받는 말들이
감싸 쥐었던 손잡이 언저리에 달라붙기 시작했다

불안일까
체념일까

창과 방패가 가슴을 후벼왔다
죽음조차 삶의 연속이라고
웰다이를 맞이하고 준비하는

인생은 연습처럼 사는 거라고
죽음은 누구에게나 공평한 진리 앞에서
버킷리스트 궤도수정으로 문을 연다

빈집

갈라진 콘크리트 벽 사이로
외풍이 많아
겨울이 싫었던 옛집
그땐 형제끼리 다닥다닥 붙어살았지

옥수수 키만큼 자란 자식들
노부부 둘만 남겨놓고
그 집 떠났네

죽는 날까지 편히 사시라
마당이 있는 넓은 집 지어드렸지
양탄자 대신 잔디 깔아
폭신을 느끼시라 했지

폼나는 큰집 짓고
품 넓게 공간 넓어지면
사랑도 커져 행복할 줄 알았지

텃밭에서 자라나는 채소와
집 주변에 심어놓은
감 밤 대추 은행나무
주렁주렁 매달린 열매가 소용없네

대궐 같은 집에서
실컷 행복하시라 빌었던
그 집, 지금은 텅 비어 있네

아버지의 나무

병원에서도 격리 조치로 독방 생활하는 아버지가 섬망
증세로 세상 걱정 잊고 사신다

먼저 떠나신 어머니가 걸었던 길 그대로 따라 일주일에
세 번씩 신장 투석 하시는 아버지

아버지의 피가 쉬지 않고 돌아가는 투석기에 시선 고정
시키다 내가 먼저 말 걸었더니 또박 대답하신다

아픈데 하나도 없어 등도 따뜻하니 편하고 좋아

아줌마가 다 먹여주고 씻겨주고 다해줘

폐암 말기인데 항암치료 대신 모르핀 주사로 연명하
시니 고통이 없는 거지

병원이 집인 줄 알고 있어 정신도 오락가락해

언니가 오셨을 때 아버지 모습이 좋아 보이니 맘 편하
시겠어요

지난번엔 눈도 못 뜨셨거든요

자주 면회 가지 않는 나를 원망하는 막내의 가시 돋친
말인 줄 왜 모르겠나

병원 밖 나목 줄기가 투석기 속 아버지의 피처럼 선명
하게 보였다

우수수

한꺼번에 와르르
속절없이 이유도 모른 채
나락의 바닥 훔친 지 오래
무덤덤한 기분으로
침대 머리맡이며
집안 동선 따라 무릎 꿇고
기어 다니다 발견한 뭉텅
이제 와 새삼 놀랄 일 아니지만
가을맞이 대청소하며 소스라치다 소름이 쫙
어느 것은 매트에 달라붙어 꼼짝하지 않았지만
대부분 이리저리 뒹굴다
구석 가장 편한 자리에 모두들 모여있었다
그것이 예사롭지 않아
한 움큼 쥐어드니
그간 앞머리가 휑한 족적의 반증인 냥
저희끼리 똘똘 뭉쳐있는 거다
가로수 낙엽이 뒹굴다
화단 귀퉁이 언저리에 모여있는 것과 닮았다

너는 계절을 지키다 때를 이기지 못해 하강한다지만
나는 사계절 밤낮 가리지 않고
추풍낙엽 우수수 이었는지
알 듯 모를 듯

먼지

바닥에 납작 엎드려 꼼짝 않던 네가
나를 무서워할 줄 몰랐다

내가 움직일 때마다
눈치 보며 피해 다니던 너

골목길 어귀 모퉁이에 달라붙어
자존심 하나 지키려 애쓰던 생애가
눈비 맞으며 가루 되어 흔적 없이 사라졌다

때론 바람 타고 멀리 방황하는 널
잡으려 허공에 손을 휘저었던 적 있었다

잡으려면 더 멀리 도망치기에
이젠 깨닫는다, 모든 걸

그냥 내버려 두자
무심한 척 눈길도 주지 말자

긴긴날 이리저리 부대끼며 헤매더니
내 곁으로 돌아와 침대 밑에 숨어 산다

못 본 척 눈감아주는 것도
귀찮아 손 내미는 일도
인내의 한계가 필요한 법
그동안 고집으로 편히 지냈으니
미련 두지 않고
깔끔하게 헤어지기로 작정

너와 나 한판승부를 걸어 본다

영정 속 그녀

초대받지 않은 손님이
밥상머리에서 시부렁거리기 시작했다

혼잣말인 듯 보이지 않는 누군가를 향해
훈계하는 듯 삿대질하며 인상 쓰더니
절망 또는 파괴의 본능으로
이리저리 왔다 갔다
분주한 불안을 세우며 돌아다녔다

여기는 망자가 누워있는 곳
생명줄 잡고 있다는 위로를 주는 곳

목멘 슬픔으로 곡하는 가족에게서
카타르시스를 느끼며
묘한 전기가 통하여 전율 느끼게 하는 곳

저마다 초청장을 보내
한달음으로 찾아온 손님들의 신발이

길게 나란히 나란히

생명이 끊어진 사람은 안다
생애가 썩어 문드러진 억압
응어리로 목석이 된 감정

숨기고 참아내며 버텼던 까만 생
망자는 알고 있다 보고 있다

현자가 손님 되어 시시비비 가릴 때
눈길 준 사람은 없었으나
영정 속 그녀는 웃기만 했다

굴포운하

오영미 시집

Poems by Oh Yeong Mi

3부

이게 이별인기라

이런 이별은 어떤가
머무는 동안
눅눅한 습濕 연기로 낮게 깔리고
그물에 걸린 바람까지
비린 바람으로 그물 되는 아침
가장 아름다운 뒷모습으로
미련 없이 떠나는 것
이게 이별인기라

어떤 이별이 찾아왔네
한 달 머물기로 약속한 민박집
이불과 베개와 선풍기를 남겨 놓고
축축한 선線 그으며 떠난 사람
쿨룩쿨룩
그가 만들어준 소각로에
연기만 피어오르는
이게 이별인기라

별거 아니야

허기가 닿아도 마음뿐
혼자 식당 문을 열지 못한다
지나며 힐끗 곁눈질
아무런 걱정 없는 표정으로
소주 한 병 국밥 한 그릇
수저를 놓으면
소주잔이 허공에 매달리고
소주잔이 내려오면
수저가 국밥 속으로 빨려 들어가는
그런 풍경 보며 두어 발짝 떼다
들어가 볼까 망설이는데
그 남자와 눈이 마주친다
세상 슬프지 않군
저잣거리 군중들이야 자기 소관이고
소주 한 병으로 허기를 달래는 데 문제없으니
너도 한번 해보라는 듯
몽롱하고 편안해 보이는 얼굴로 유혹한다
혼술 혼밥이라는 것

처음이 어렵지 별거 아니야!
배고프면 들어와 섞여 봐
대중 식사가 대충 식사는 아니거든
소머리국밥 김치찌개 된장찌개
차림표만으로 창자까지 도달한 비애를 안고
대중 속 출입문을 벌컥 열었다

머리카락 줍기

곱슬머리에 굵고 숱이 많아 고민이었던 소녀
긴 머리보다 쇼트커트가 어울린다고
주문처럼 믿었던 수박만 한 머리통

머리를 묶고
머리에 핀을 꽂고
살랑바람에도 휘날리는 가늘고 긴 머리카락
그 소녀들은 얼마나 행복할까

동아줄같이 억세고 굵은 머리카락아
빠져라 빠져라 제발
굿처럼 고사를 지냈지

거울 앞에 선 중년의 여자
앞가르마가 휑한 고속도로의 빈집처럼
뻥 뚫려 터널이 된 머리에 뜬모라도 심을까
숨겨놓은 비밀을 들켜버린 불안
머릿속이 훤히 들여다보여 씁쓸하다

방바닥에 고꾸라져 있는 머리카락
카펫을 깔아놓은 듯 촘촘하다
그걸 줍는데 하루의 절반 이상 시간을 보내다니

벌을 받는 게야
부모님이 물려주신 귀한 선물
탓하며 불평했던 지난날

한 올 한 올 줍는 머리카락 모아
다시 붙일 수만 있다면
솟아라 솟아라 제발

당부

우리 지금부터 아프지 말기로 해요
혼자라고 외로워 마세요
울지 말고 슬퍼하지도 마요
힘들면 좀 쉬면서 포기하지 말자고요
견디고 견뎌서 함께 성공하기로 해요
여럿이 걸으면 오래갈 수 있다잖아요
혼자 뛰어 앞선다고 행복한 건 아니에요
그러니 우리 지금부터는 웃기로 해요
흰 소의 발걸음 소리가 들리는 듯
집 앞마당에 고라니 손님이 기웃거리네요
모든 것은 아스라한 풍경이 되고
새하얀 희망으로 축복되는 지금
당신이 신축년 새해 선물입니다
그러니 그대, 지금부터는
밥 굶지 말고 챙기며 살아요

나무가 나무에게

도토리나무는 토토리를
상수리나무는 상수리를
밤나무는 밤을
감나무는 감을
대추나무는 대추를
매실나무는 매실을
사과나무는 사과를
복숭아나무는 복숭아를
배나무는 배를
아몬드나무는 아몬드를
호두나무는 호두를
잣나무는 잣을
은행나무는 은행을
끝없는 질문과 대답으로 하루를 보냈다
저마다 열매 맺는 나무에게
왜 다산하느냐 물었다
종족 번식을 위하여
존재감으로 안간힘 쏟는다 했다
나는 아직 건강한 나무인가

풀밭에서

아무도 돌보지 않는 밭
나무보다 풀이 무성하다
그 성질 죽이고
추위에 누워 잠자는 모습 고분하다

문득 샤갈의 마을이 그리워지면
발길 따라 저절로 닿게 되는 어송리
인적 없는 쓸쓸한 밭

매실나무 소나무 감나무
보리수나무 배롱나무 사과나무 대추나무
주인 없이 잘도 컸네

밑동과 팔, 목, 머리까지
잡풀 말라 비틀어 늘어진 가지
몸통을 옥죄듯 칭칭 감은 칡 줄기
맨손으로 걷어내기엔 거칠다

낭만을 만지고 싶어 들렀지만
억센 풀들이 괘씸한 생각에
헛 풀 제거하느라 한나절을 보냈다

나무는 나무는
한마디 불평 불만하지 않고
견디기 힘들면 그 자리에서 썩고 말았다

가시 바늘 도깨비 풀아
그냥 너도 기대지 말고
네 힘껏 예쁘게 살아 봐

보이지 않는 길

길을 걷다 길을 물었네
아무도 찾지 않던 그 길
눈먼 항해의 뱃길이라 생각하고
노를 젓기 시작했네
한 배 타고 동고동락하면
한마음 한뜻이라 믿었네
망망대해 보이지 않는 길
수평선 너머 아득한 길
그 길보다 험하고 사악한
여러 갈래의 길이 사람 속에 있었네
한배를 타고 항해하고서야
보이기 시작했네
물길 속은 심오하나 바닥이 보이지
사람은 밑도 끝도 없이 속이 보이지 않는다

전지를 하다가

해풍 잠들 무렵 거기
태양은 기지개를 켜고
구름 사이 오가며
수다 떨다 지쳤는지 적요롭다

2층에서 마당을 보니
겨울나무가 눈에 거슬린다
너나 나나 같은 신세
곁가지와 이별을 해야겠군

텃밭의 온갖 나무들
자두나무 사과나무 감나무 대추나무 꾸지뽕나무
배롱나무 뽕나무 무화과나무 배나무 매실나무
욕심껏 심어만 놨지 돌보지 않았다

학습한 전정 이론을 실천하기로 한다
안으로 뻗친 가지

아래로 처진 가지와 웃자란 가지
겹치는 가지를 과감히 잘라주자

사람도 나무도
자주 눈길 바라봐주고
손길 따스하게 나눠주고
진심으로 사랑해 줘야 건강하지 않겠나

잡념 없이 시간 가는 줄 몰랐다
한나절 한눈팔지 않고 다듬어 준 나무들
강전지 덕에 매끈하고 늘씬한 몸매가 돋보인다
이제는 내 차례다, 각오해

별거 아닌데

별거를 생각하는 사람 잘 들어봐

고개 숙여 베푸는 일
손 내밀며 온기 전하는 일
따스한 마음으로 눈맞춤하는 일

내 생각과 다르다고 무시하지 말기
내 뜻과 맞지 않는다고 놓치지 말기
내 말 잘못 알아들어도 핀잔하지 말기

다수가 원하면 거기에 맞추려 하고
불평불만 들어주며 해결해 주고
가려운 곳 눈치채어 미리 긁어주고

원칙과 규정만 고집하지 말라는
융통성으로 모난 사람까지 포용하라는
윗사람께는 모로 순응하라는

그 말 한마디 하기가 그리 어려웠던가
그런 말 쉽게 하지 못하는
미안하다는 말 별거 아닌데

동반자이며 이방인인 우리 사이

당신과의 마지막 시간을
시계추에 매달고
나는 초침이 되고 분침도 되어
같은 길을 걷습니다

당신은 세 갈래 네 갈래
길을 흔적 없이 지우려
체온이 식기도 전에 훌훌 떠나시네요

나에게 온전히 하나인 당신의 등
멍하니 바라보며
도리질 몇 번
헛구역질 몇 차례

이대로 가야 하나
이대로 보내야 하나
죽을 때까지 이래야 하나

멈추지 않는 시계추를 멈추게 할 당신
나의 초침과 분침은 멎었습니다
이제, 당신의 시간을 가져올 때

조용하고 까다로운 이탈
영원하고 숙명적인 해후
동반자며 이방인인 우리 사이

묵정밭에서

어송리 입구를 돌아 매실밭 어귀에 다다랐을 때 메타
세쿼이아 오솔길이 눈에 띄었고 향긋한 솔냄새가 휘휘
돌아 나를 반겼다

겨우내 고라니들의 산란장소로 아지트화 되었는지
늘어진 초목이 아담한 지붕인 듯 볼록 솟은 모습이 군데
군데 보였다

이런 추측은 지난해 거기 갔을 때 고라니 새끼가 인기
척에 놀라 후다닥 뛰쳐나가는 것을 목격했기 때문이다

나름 낭만을 짓고 결실을 가꾸며 숲속의 새들과 우아한
노을 깔고 살다 석양 속으로 묻혀 스러지리라 기대하며
로망을 꿈꿨던 곳

고독과 외로움이 용수철 튕기듯 폭발처럼 솟구치던
그날 나는 거기로 갔고 실오라기만큼 가느다란 희망과

아주 작은 친구가 있을 거란 기대를 하였지만 텅 빈 묵정
밭의 초라한 모습뿐

아, 나도 비우고 납작 땅에 엎드려 자석 같은 존재로
금속을 끌어당겨야 했는데

기다리지 말고 찾아가는 지남철 되어 소용돌이 용수
철도 척척 달라붙게 하라는

대설경보

트라우마가 떠올랐다 대전에서 행사를 마치고 서둘러
집으로 가야겠다는 조급함이 앞서자 이미 눈보라는 치고
어스름 땅거미 지고 있을 때

구불거리는 덕산 고개 하향길 밤은 깊어가고 블랙아
이스에 차바퀴가 제멋대로 움직이더니 통제 잃은 핸들이
무용지물이라 느꼈을 때

자동차는 혼자 트위스트를 추듯 뱀 같은 지나온 자국
만들더니 아득한 낭떠러지로 곤두박질치는 순간 무능한
자신의 의지를 인정하고 눈을 감았다

죽어라 밟은 브레이크
꽉 잡은 핸들을 놓지 못하고

유언을 남길 새도
가족을 생각할 겨를도

사랑하는 사람에게 부디 한마디조차
나의 마지막 가는 길이
소설이나 시처럼 낭만적이지 않다는

정지된 차량의 조수석 뒷바퀴가 고개 갓길 끄트머리에
매달려 아스라이 행잉하듯 걸쳐 정지했다 움직이면 정말
지하 세계로 곤두박질칠까 봐 운전석에서 꼼짝 않은 채
망부석 되었었지

그 후 눈 내리는 날엔 외출하지 않는 버릇이 생겼다
자동차 운전에 자신을 잃었고 내 생의 마지막을

하필 청사년 설 명절에 궂은 대설 한파란다
벌써 여럿의 교통사고 소식이 천지를 뒤덮고 있다

기약

바다에 별이 박힌다
은하수 떼 지어 헤엄치고
달이 흐느껴 일렁이며
울부짖는 바다

파도가 벼락처럼
성난 모습으로
경계하듯 스러진다
당신과 나의 해후처럼

풍랑이 별을 삼키고
사나운 포말이
달빛을 부순다
생일이자 기일이 되는 날

나와 어머니와 女子

괴팍한 성질을 가지고 있다는 선입견으로 반생을 살면서 나는 왜 이런 별명을 갖게 되었을까에 대하여 고심하며 괴로워했던 적은 없다

나를 가장 잘 아는 사람은 나다 나보다 더 내 속을 들여다볼 수 있는 사람이 상대라는 것은 동의할 수 없으므로

성질이 대찬 여자라서 냉철한 판단의 소유자라서 온유한 부드러움을 추구하며 생명을 잉태하고자 할 때 우주의 질서 속으로 들어갈 수 없는 걸까

나는 늘 지금처럼 여자로서 어머니가 될 수 있을까 어머니로서 여자이고 싶은 걸까 영원한 현재를 해탈하며 생생하게 살아 소멸할 수 있을 건가

나는 사랑하고 싶다
온전한 어머니로서 너를 안고
너를 바라보며 죽음을 맞이하고 싶다

언젠가 만나야 할 사람
너와의 조우는
우주만큼 멀고도 따가운 별이었다

뭇별

사랑한다고 말하지 못한
수많은 별 중
당신이 가장 슬픈 이별입니다

아픔마다 가슴에 박혀
신장을 쑤시는
긴 나날의 걱정 투석입니다

어머니 무슨 인연으로
이생을 다하고도
하늘에 남아 그리워하십니까

아버지 요람에서 병실까지
누워 별이 되는 고생문
당신은 진정 사랑 받은 유별留別입니다

굴포운하

오영미 시집

Poems by Oh Yeong Mi

4부

예쁜 꽃이라서 아픈 꽃

엄마는 아파서 멀리 갈 수 없었어요
처녀 적 하도 예뻐서
아버지 눈에 띈 후
부잣집 막내며느리로 고생만 실컷 했대요

꽃놀이 가고 싶어도
데려가 주는 사람이 없다고
하소연할 때면 코끝이 찡해요
하루걸러 투석해야 하니 못 데려가는 건데

가끔 억울하다고도 해요
이 나이에 건강하면 좋은 게 너무 많아
하고 싶은 거 다 해보고 살고 싶은데
고생만 실컷 하다 죽어야 하니 우울하대요

예쁜 꽃이라서 아픈 꽃
엄마꽃

오이꽃

무슨 설움 갖고 태어났을까

온몸 가시 품은 채

무슨 사연 그리 많았을까

꼭지에 노란 별 매단 채

누굴 기다리고 있을까

뾰족뾰족 독이 올라 약 오른 채

타행惰行의 만기晚期

같은 곳을 향해 같이 바라보자 했네

같은 곳을 향해 같이 걸어가자 했네

새끼손가락 걸고 다짐하고 맹세도 했었네

살다 보니 우린 영락없는 평행선

적당한 거리 앞세워 적정한 선 유지하고 있네

바가지 긁는 일도 심심하고 의심과 불신의 상상력도
희미해져 가네

남은 기간 탈 없이 서로의 부가세附加稅를 잘 챙기기로
했네

시장에 가면

일상을 벗어나
눈요기하고 싶을 때
엄마 손 잡고
졸졸 따라다녔던 시장
지금은 혼자서 다니는 길

구름이 함께 걸을 수 있게
하늘이 보였던 천장
비가 오면 비를 피해
어느 상점이든 들어가야 했고
미안해서라도 하나 팔아주고 왔던 정

게국지와 어리굴젓 호떡 칼국수 잔치국수 떡볶이 순대
어린 시절 친구의 이름 불러보듯 정겨운 단어
장에 가면 꼭 들러 먹고 와야 직성이 풀리는
특산물과 길거리 음식들

묵은지와 게를 넣어 끓인 게국지
서산 앞바다에서 캔 싱싱한 굴로 만든 어리굴젓
임신 중 하루도 거르지 않고 먹었던 순대
얼큰한 국물이 으뜸인 해물칼국수는 잊지 못한다

어디 그뿐이랴
서산 6쪽 마늘과 생강이며 감태
팔봉산 수미감자와 감천배
꽃게와 새우 조개 사과 고구마
서산시장은 없을 게 없는 내 마음의 풍경이다

당신과 나 사이

시간에도 틈이 있다

당신과 나 사이

하늘과 바다처럼

풀과 꽃처럼

간극間隙의 거리 닮은 뜸

세월에도 틈이 있다

당신과 나 사이

주름과 주름처럼

생각과 생각처럼

좀처럼 좁혀지지 않는 틀

내게 오신다면

당신이 내게 오신다면
내가 당신께로 다가간다면
양대동 청지천 강가에
억새가 흔들린들
흐르는 물 멈출 리 있겠습니까

내가 당신께 가는 길이
당신이 내게 오는 길보다
좁고 험해서
걸어 걸어 힘들다 한들
새소리 물소리 멈출 수 있겠습니까

당신과 내가 너무도 멀어
긴 여정 답답할지라도
가녀린 손 마디
영롱한 눈빛 모두를
외면하지 않았으면

서로 말하지 않아도
서로의 눈짓만으로
느끼며 통하는 동무 되어
양대동 청지천 물 흐르듯
윤슬로 저녁놀 되었으면

묵향墨香

자정 지나 달빛 고요한 밤중
천산의 겨드랑이엔 문방사우 양손엔 대문짝만한 가방
을 들고 흡사 독립운동 차 집 나온 사내처럼 삐걱 소리
나는 나무 계단을 한 발짝 한 발짝

"자, 지가 2025년 기원 축서를 즉석에서 선물로 준비
했응께 원하는 문구를 말씀덜 혀주세유"

뱀장사 각설이타령을 하던 맥락이 보였지만 사뭇 다
른 진지하고 엄숙한지라 숨소리조차 자물쇠로 꽉 잠가
버렸습니다

때로는 힘차게 휘둘렀고
때로는 온 힘을 빼고 일체유심조 기원으로 단숨에 써
내려가는 붓끝

일필휘지 여기에는 분명 혼이 매달려 합이 되고, 나는
화선지와 하나되어 번지며 스며듭니다

번지다 번지다
퍼지다 퍼지다
찍힌 점 하나 눈물 점 하나

지금 우리는 어디로 가고 있습니까
묵향이 국민의 목소리 되어 함성으로 번질 때
나는 당신의 목덜미와
나는 당신의 귓볼에서 흐르는
서러움 한 방울 닦아줄 수 없는 짝사랑입니다

천수만에서 천수를 생각하다

산 사람은 살아지는 거다
그리고 죽은 사람은 금방 잊힐 것이 분명하다

어머니 장례를 치른 후
찾아간 바닷가
서산간척지 천수만

나는 죄인처럼 숨죽이고 있는데
밀물과 썰물이 장난치듯
부딪쳐 포말로 아우성이네

요양병원에서 잘 견디시더니
곧 걸어 뛰어올 것 같더니
물거품처럼 사라져 버린 어머니

태어날 때 알몸으로 울음 터뜨렸다고
떠나실 때 알몸으로 누워 잠드실 수 있나요
참으로 어머니는 냉철하고 이지적이네요

어머니 주검 앞에서 눈물은 안 나오고
어머니 영면을 보고도 목구멍으로 밥이 들어가네요
어쩌면 죽은 사람만

천수天壽를 누리시랬더니
천수天授로 비우며 떠나시나요

어머니, 이곳 천수만의 물결은 잠들지 않고 있네요
하늘 달빛으로 밤새 출렁일 것 같네요
달빛 이슬로 까만 밤이 하얗게

갈등_{葛藤}

못마땅해 돌리는 등 보다
마주 보며 웃는 얼굴이 좋다
마음 맞지 않는다고
서로 생각 다르다고
인연 끊고 무연고인 것 보다
등 긁어주며 웃어줄 수 있는 사람이 좋다
칡과 등나무가 얽히고설킨들
혼자보다 백배 더 나은 것이 동반자
물끄러미 칭칭 감고 있는 칡과 등나무를 바라본다
서로 대립하는 것이 아니라 포용하는 것인데
그들 사는 방법이 그것뿐이어서

징검다리

발바닥 사연을 다 들어주는 너

모든 시름 덜고 가라

흐르는 냇물과 나는 친구란다

떨어지려야 헤어지려야

함께 한 수많은 나날

발톱의 무좀인들 말발굽 콩팥인들

타인보다 아끼고 사랑하는 맘

변치 말고 그 자리에서 천년만년

흐르는 물에 마르고 닳도록

발인發靷

기다란 리무진에 올라탔네
이것을 태워주려 일찍 돌아가셨나,
우리 어머니

어머니가 다니시던 길
어머니가 사셨던 집

영정을 들고 집안 구석구석 돌았네
여기가 어머니의 침대예요
여기는 어머니의 부엌이고요
거실에서 자전거 타셨던 기억 하시나요
마당도 보이지요
목단과 장미를 좋아하셨던 어머니
아버지가 밭을 일구던 모습이 보이나요

가지랑 오이랑 옥수수가
모두 쓰러져 있었네
어머니와 아버지의 손길이 닿지 않았던 모양이네

흰둥이 개가 꼬리를 흔들었네
어머니는 어디 계시냐 묻는 듯 낑낑
귀를 쫑긋 세워 커다란 눈에 물 고이듯
쓸쓸하고 적요한 마당을 지났네

그 집에 어머니는 보이지 않겠지
그 길 따라 아랫마을 다니신 흔적 여전한데

우리 어머니
나를 불러 마주하려고 일찍 떠나실 작정 하신 거네
다시 리무진을 타고 장지로 가는 길

나비처럼 훨훨

뽀얀 분칠한 어머니의 얼굴
생전 화장 한번 하지 않은
어머니가 아이섀도우까지 바르고
누워 잠들어 있는 침대 가까이 다가가
살며시 어머니의 얼굴을 보듬었다
여름을 생각했을까
차가운 살갖 만지는 촉감이
너무도 사랑스러워
죽은 사람이 아니라
영원히 죽을 사람이 아니라
착각하며 목덜미와 어깨, 팔, 몸통, 다리
발톱이 있을 법한 맨 아래까지
더듬고 주물러 보았다
나는 죄인입니다
어머니에게 몹쓸 큰딸입니다
번쩍 안아 어디론가 도망가고 싶었지만
마지막 입으신 어머니의 유품을 받고서야
나비처럼 훨훨 날아갈 준비하는

손님맞이

장례식장에 찾아온 손님
나와 어떤 인연이길래
먼 길
마다 않고 달려오셨을까

모르는 사람조차
엄숙하게 인사하고
절하며 고인에게 안부를 묻는다

연세가 좀 아쉽네요
너무 일찍 돌아가셨네요

새벽에 목욕재계 하시고
태어날 때 알몸으로 태어났듯
가실 때 실오라기 하나 걸치지 않고
아무도 보지 못하게 혼자서 가셨습니다

간병인이 갈아입힐 옷을 가지러 간 사이
침대에 누워 가지런하게 잠들었다니
믿겨 지질 않습니다
한 많은 세상 이렇게까지 정갈한 모습이라니요

찾아주셔서 감사합니다
어머니는 세상에서 가장 아름다운 모습으로 잠드셨
습니다
그간 투병으로 힘드셨을 텐데 이제는 편히 쉬셔야죠
자식들 걱정 덜어드리려 작정하신 건 아닌지

어머니, 사랑하는 나의 어머니

먼 길 오신
손님의 구두를 정돈하고
밥상 차리는 손길이 빨라지기 시작한다
잔칫상처럼 맛있는 어머니 밥상

이별

어머니와 나의 이별은
드넓은 초원의 아름다운 풍경보다
창백한 백합의 고귀함보다 더

천지 꽃들이 펼쳐져 있는
그 길 위를 걷고 계실

어머니와 나의 이별은
달콤하고 향기로워 눈물이 나지 않는다

어머니를 먼저 떠나보내고
나는 밤마다 침대에 누워
어머니와 똑같은 자세를 취한다

옆으로 눕는다거나
엎드려 배를 누른다거나

팔다리를 벌려 흐트러진 모습은
어느덧 사치로 취급되기 시작했다

마른 몸매로 단아하게 저문 석양
한치 흐드러짐 없이
꼿꼿하게 드러누우신 자태 아름다워

잠시 후면 어디서든 만나게 될
어머니와의 조우
매일 밤 나는 또 만날 이별 연습을

고등어와 딸기

역삼각 둥근 얼굴에
양볼은 언제나 홍조를 띠고
주근깨 다닥다닥
모공마다 피지 가득해서
인기 없을 줄 알지만
속살만큼은 촉촉하고 부드러워
살짝 깨물기만 해도
와르르 무너지며
입속 가득 즙으로 사르르 녹는 널 좋아했다

어릴 적 엄마 손 잡고 시장에 갔었지
큰딸이 딸기 좋아하는 걸 알면서도
그걸 사주지 않았다
'영미는 고등어 좋아하지?'
딸기 대신 고등어를 샀고
두부와 동태를 사서
여러 식구를 한 상에 모이게 했던 엄마

동태 대가리는 삐죽이 나를 비웃는 듯
약이 올라 동태눈만 빼먹었다

무심하게 눈은 나리고
머리에 희끗희끗 내려앉는 눈발 맞으며
서산 동부시장에 들렀다
고등어를 사려다
주먹만 한 딸기 한 상자 들고 왔다
못생겼어도 언제나 변치 않는 꽃받침이 있고
총총히 박힌 철망 같은 씨앗의 생애
오늘은 너와 진한 키스를 해야겠다
입안 가득 속살 팡팡

5부

쑥쑥

근질해지기 전 미리 긁어줘야겠다
땅 위에 쑥쑥 자란 쑥을 캐는데
손주 손녀의 여린 몸이 생각났다
키가 크려면 연골 마디가
근질거리기 마련이고
아무렇지 않다가
갑자기 생장통을 느끼잖은가
봄이면 쑥대밭 되는 묵정밭
풀만 자라는 거 같아 눈길을 주지 않았지
마음 돌려 자주 둘러보니
쓸모 있는 동반 약초 식물들이 지천이다
냉이 캐고 나니 쑥이 쑥쑥
우슬뿌리 캐노라니 꾸지뽕나무 뿌리가 뽕뽕
화살나무 가지를 전지하자
쏜살처럼 손 뻗친 나의 동반 사랑들
아이야, 내가 이곳에 정 두노니
쑥 캐며 가려웠던 땅바닥 호미로 긁어주노니
아가야, 맨발로 뛰놀며 쑥쑥 크거라

잠 못 이루는 밤

툭 떨어진 홍시가
바닥에 달라붙어 축 늘어지듯
등만 대면 곯아떨어진다는 내가
어제는 밤새 뜬 눈으로 지샜습니다

엄마 없는 이 큰 집에서
아버지는 어찌 홀로 긴 밤을 보내셨나요
티브이를 틀어놓고 주무신다고
지천했던 제가 얼마나 원망스러웠나요

인적 없는 산꼭대기 날마루
컹컹대는 산이가 우짖는 간격으로
메아리만 돌아옵니다

마루턱이라 온 동네가 다 보인다고
저 멀리 이웃 마을까지 훤해서 좋다고
여기가 명당자리다 하시던 호기는 어디 갔나요

수면제의 도움으로
청한 잠에서 깨어
눈 뜨면 텅 빈 부엌에서
끼니를 챙겨드셨을 아버지

누구를 그리워하셨을까요
무슨 즐거움이 있으셨을까요
어떤 생각으로 문 여셨을까요

안쓰러운 아버지시여,
애처로운 아버지시여,
아무도 없는 집에서 홀로 지새워보니
이제야 알 것 같습니다

새소리 사람 소리 오간 데 없고
눈발이 자지러질 듯 흩뿌리며
어둠을 움켜잡는 밤
별빛 쏟아지고 달빛 내려앉아도
아무 감흥 없어 잠이 오지 않는 밤입니다

네 등에도 슬픔이 묻어 있구나

이름 없이 보내온
배로 배를 채우며 하루를 보냈다
어린아이 머리만 한
하나의 배를 동서남북으로 잘라
한 조각씩 베어 물었다
마른 곳에서 터지듯 봇물이 흘러
입안 가득 즙이 넘실거렸다
칼집을 내며 바라보는
배의 등에 작은 슬픔이 배어 있다
몹쓸 바람 몇과 태풍 무시로
박혀있는 점이 배의 이력
너를 꾹꾹 씹으며
어머니가 좋아하시는 황촉규 앞에 서 있다
활짝 핀 꽃, 너는 등불같이 환하구나
그 옆 봉오리가 나부작이 가로로 누워
나를 향해 손을 흔든다
그래, 네 등에도 슬픔 묻어 있구나
어제 저녁부터 그 배로 배를 채운
나의 등에 있는 슬픔 네게도 있었구나

허공 닮은 내 처지

손톱의 무게로
공중에 떠 있는
하현달이 나를 따라오는 새벽
물살은 사나워
등살에 비수悲愁를 붓듯
하얀 거품 쏟아내는데
하늘 닿은 수평선은
아무 관심 없이
빈 그네만 바라본다
허공 닮은 내 처지
가엾다 가엾다 하면서
붉은 의지 지켜내지 못하는
나약한 약속
어쩔까요 어찌할까요

텅 빈 시간

구부러지지 않을 시간 모아
쪼개고 또 쪼개보지만
쉬지 않는 초침 따라잡지는 못한다
나에게 주어진 시간이
꽉 차 보이겠지만
속이 텅텅 비어 울림으로 가득하다
가진 것이 있다고 만족할까
주어진 게 없다고 비참할까
이제 나이를 먹는다는 것은
이제 나이를 먹었다는 것은
남은 시간을
누구와 어떻게 나눔하며
잘 살다 갈 것인가를 재보며 살 일이다
텅 빈 시간을
당신과 내가 적절히 분배하여
알뜰하게 이어갈 일이다

철들어 익어간다면

이제는 새벽 네 시가 되면 저절로 뒤척여지며 의식이
깨어난다

다섯 시에 알람을 맞춰놓고 그 소리에 더듬거렸던 핸
드폰 점점 무용지물로 대우받지 못한다

운동이나 할 작정으로 호수공원에 간다 남은 인생 궤
도를 잘 꿰매기 위해 근육을 채찍질하는 거다

어제까지 푸르던 벚나무 이파리가 누런색으로 바닥을
뒹굴고 있다

오호 아직 새파란 것들이 저리 수두룩 매달려 있는데
뭐가 그리 급했는고?

인간을 생각한다 철들고 똑똑한 인재가 월반하고 앞서
다가 먼저 은퇴하고 먼저 떠밀린다지

서둘러 손에서 일이 멀어졌을 때 서둘러 일찍 무기력
해진다지

폭 익은 가을이 오기 전 먼저 낙하하여 바람에 나딩
구는 낙엽이 혹시 나일지도 모르는데

어디로 가고 싶은 거냐 어디서 안착하고 싶은 거냐 누
구와 만나 또 어떤 생 살고 싶은 거냐

나는 또 어디서 무엇이 되려고 이렇게 새벽을 걷고 있는
거냐 철들기 싫은데

호미곶 虎尾串

당신과 나 사이에도
왼손과 오른손을 맞잡을 수 없는
불신과 오해가 생기기 시작했죠

망망대해 해맞이 보며
새해를 맞이하기로

언제였던가요,
새천년의 시작과 함께 타올랐다기에
영원불멸 기원하는 불씨라기에
상생이라기에 찾아간 곶串

북받쳐 올랐던 과거와
숨 막혀 답답했던 묵은 감정들
차오르지 못한 많은 부족함
배려하지 않고 이기적이었던 순간들
머리를 조아리고
두 눈을 감고

이제, 이곳으로부터
당신과 나 사이를 잇는
오른손과 왼손을 꿋꿋하게 사랑하기로

완도

허름한 여관에서의 하룻밤
청춘 닮은 찐한 로맨스는 없었지만

바다 처녀들의 애환을 품고
달달한 밤을 보냈네

완도의 동이 틀 무렵
그 여관에서 나와
비석碑石 없는 비석거리를 걸었네

선착장 끄트머리에서 나는 해조류 냄새
코를 뚫고 엉금엉금 기어올라
꽃바람 따라 누운 풀들을 일으켜 세웠네

허름한 하룻밤의 그 여관에서의
찐한 로맨스를 기대한 건 아니지만

나는 늙어서도 연꽃이기를

나는 연꽃이다
반쯤 벌어진 꽃봉우리다
은밀한 곳 보여주기 싫어
새벽빛, 깊고 푸른 기운 앙다물고 있다
나의 거기는 순수하고 맑아서 들여다 볼 수 없다
향기 없는 무기로 사람 찌를 엄두는 내지 않는다
허나 유혹의 등불은 밤에 피어나 호수를 삼킨다
시간과 공간 사이
저마다 나무들은 땅속에 속박되어
자신의 생명을 서늘하게 하는데
나는 늙어서도 연꽃이기를 주저하지 않는다
순결과 자유
억압 없는 진흙에서 키워올린 꽃대
긴 그림자 엷어질 때까지
문장의 힘으로 꽃 피운다

뜻밖

구석구석이 구석기 시대 사람

꼬여 꼬여도 베베 꼬인 곱슬머리 긴 꼰대

엉킨 실타래가 내 마음일까

오후의 햇살 한 줌 붉은 노을 곁으로 던져 보는 부화浮華
딱지

늙어서는 마누라 뜻에 맞추며 사는 게 최고라나

나는 소나무 뿌리가 계단 되는 사람이 좋다고 했다

그는 구수한 된장찌개 끓여놓고 예쁜 마누라 기다린
다고 했다

나무 가지치기와 풀매기를 좋아하는 나를 위해 일
거리를 남겨놨다나

미안하단 말 대신 문자로 보낸 편지라니

오이랑 고추, 토마토, 상추, 참외, 수박 모 좀 사 오소!

젖은 솔에서 물이 뚝뚝 떨어지더니 향기 따라 들리는 말

칼로 물베기라니께, 냅싸둬*

* 내비둬, 내버려둬 등 하고 싶은대로 부지런히 두루 하게 둬 라는
  충청도 사투리

희망 사항

나에게 그런 사람 생겼으면 좋겠다고 생각한 적은 꽤
오래다

온전히 나의 말을 믿어주고 내 편이 되어 줄 사람

한 길을 걸으며 손 꼭 잡고 아무 말 없어도 좋을 사람

같이 누워 어깨를 포개고 눈 마주칠 용기 갖게 하는
사람

모든 대화가 끝날 때까지 들어주고 맞장구는 아니어도
수긍해 줄 사람

언제나 낯설지 않고 내가 주인 같아서 편안하다고 말해
줄 사람

내가 그를 불러주기를 기다리며 사랑을 간직하는 사람

함께 필드를 걸으며 시답잖은 이야기에도 웃어줄 줄
아는 사람

나를 위해 담배를 끊어야겠다고 다짐을 하며 진짜로
끊는 독한 사람

내가 애인이어서 좋아요라고 몇 번을 확인시켜 주는
사람

애인은 바람피워도 되느냐고 물었을 때 안되는 이유를

설명해 주는 사람

　쓸쓸하잖아 비참하잖아 불쌍해지잖아 초라해지잖아
난 그런 거 싫어

　솔직하고 투명해서 두 번 세 번 묻지 않아도 의심이
생기지 않는 사람

　생각은 같은데 어쩔 수 없이 다른 길을 걷게 되어도
밉지 않은 사람

　서로의 위치나 환경을 이해하고 인정할 줄 아는 사람

　맛있는 고기를 구우며 소맥으로 눈빛을 교환할 줄 아는
사람

　나의 머리카락과 목덜미와 어깨를 쓰다듬어 주며 용
기를 채워주는 사람

　사랑한다는 말이 진심에 닿아 거기까지 꽂혀 행복을
느끼게 하는 사람 있었으면

물끄러미 바라만 보는 당신

통증이 가라앉지 않는 명치끝
모로 누워도 바로 누워도 먹먹하다
체한 것도 아닌데 막힌 듯
급하게 먹고 얹힌 것처럼 막힌
갈비뼈 주변을 훑는다
앞서는 일은 다 아픈 것인가
그렇다면 빠른 선택과 결정이 슬프지 않으면 안 되나
아프고 슬퍼서 자꾸만 번지는 통증
잠 못 이루는 나날들

억지로 청한 눈 감기가 길지 않으니
몇 번씩 눈을 뜨고
시간을 보고 이번엔 엎드려 본다
척추 4번과 5번 사이
찌릿하다우두둑거리고
뻐근하니 쥐가 나고
등 근육에 번개 치듯
빠른 속도감으로 모가지까지 오그라든다

조금만 속도를 늦추세요
앉은뱅이 절름발이들은 못 쫓아가요
답답해도 함께 가야 해요
열정이 100이라면 70만 가져가셔요
따라가는 사람은 숨이 턱까지 차올라
중도 포기하게 되지요

혼자 가는 사람은
앞만 보고 달리지만 금방 지쳐요
여럿이 함께 발을 맞추면
오래 단단해질 수 있어요
그러니 조금만 내려놓고 걸어요
술 잘 사줄 것 같은 당신과
취한 목소리로 투정 부린 내가 기특한 밤
몸을 뒤집고 나니 엉치 끝이 뻐근하다

허리가 아픈 건지
허벅지가 땅기는 건지

골반이 뒤틀린 건지
모든 것이 내 잘못이구나
내 몸 구석구석도 다스리지 못하면서
무엇을 이루겠다고 서두르는가

있는 듯 없는 듯 보이지 않는 얼굴
주변의 경계가 화살로 꽂히지 않게
답답하지만 뛰지 않기로
늦었더라도 천천히 걷기로
너무 빨라 일찍 멈추지 않도록
속도 조절이 필요한 순간,
당신은 어쩌다 나를 물끄러미 바라만 보고

장흥

후박나무 잎새 흐드러진
길 멀리 정남진 보인다
처녀 적 따라다녔던 나팔수
고향이 장흥이랬지
하마터면 장흥댁 될뻔했지
관광버스 안
차창 밖으로 천년 팽나무 서 있고
그늘 밑으로 개미들의 망중한이라니
천관산을 등에 지고 떠난다
멈춰 신호를 기다리는 동안
그가 거기 서 있는 듯
하늘에 관을 쓴 산마루에
뾰족한 바위 여럿 소곤거린다
자꾸만 흐릿해지는 장흥 천관산
나팔수는 어디서 무얼 하고 계실까

너라서 그래

자꾸만 뒤돌아보게 되네
지나온 길
가야 할 길
발자국 지워지지 않는데
그녀는 그곳에 없네
떠나고 텅 빈 방
웃음소리 흐드러지던 머리칼
아직 내 손끝에 닿을 것 같은데
물 나간 바닷가에서
서성이게 되네
바닥 드러난 여운처럼
이리저리 둘러보게 되네
멀어진 길
사라질 길
자꾸 매달리게 되네

독도 가는 길

내가 오른쪽으로 기울면

바다는 창 모서리 끝으로 올라오고

내가 왼쪽으로 기울면

하늘이 내 어깨 밑으로 내려온다

내 속 울렁거리는 공중

지상에 닿아 펼쳐질 소설昭雪의 간극干戟

널뛰는 바다와

쏟아지는 구름과 약간의 빗방울

너에게로 가는 나는

처절한 심연의 마음으로 무릎 꿇는다

고해성사 같은 독백

다짐으로 굳어지는 고백, 제발

신께서 나를 거절하면 어쩌나!

나는 너의 품으로 들어간다

흔들어도 꿋꿋이 서서 기도한다

접안이 허락되었으니 하선이다

두 발을 읊조린다

굴포운하

오영미 시집
Poems by **Oh Yeong Mi**

6부

내일을 기다리지 못할 것 같은 너에게

죽으라고 오고야 마는 너
죽자사자 덤비며 오는 너
죽을 수 없도록 희망을 주는 너

죽어서도 오고
죽기 전에도 오고
죽기 살기로 오고

죽지 못해 오고
죽살이 차게 오고
죽 때리러 오고

죽여도 죽지 않는 내일
이럴 바엔 죽치고 같이 살아보자
그러니 죽지 마라

살아서 맞이하는 내일
살아야 맞이하는 내일
그러니 일단 살고 보자

우연이라도 마주치고 싶은

만날 사람은 어김없이 만나게 되는군요
떠날 사람은 기어이 떠나고 마는군요

눈비 섞여 오락가락하는 마음 닮아
이러지도 저러지도 못하며 갈팡질팡하는데

여기서 당신 만나게 되는군요
짧은 눈인사로 또 헤어지는군요

겨울의 호수가 바닥을 드러낸 것처럼
내 마음 덜컥 들켜버린 것을 눈치챈

바람의 수음受音으로 위로하며
약속이나 한 듯 흰머리 쓰다듬다
수줍은 생각에 코만 비틀게 되더군요

우연이라도 만나고 싶은 사람
한사코 마주치고 싶은 사람 있거든

그냥 걸어요

기대하지 않았던 그가 눈사람 되어
나에게 말 걸어 올지 모르거든요

진하해수욕장 명선도_{名仙島}

십수 년 전,
청춘 예찬했던 간절곶에서
중년의 퍼포먼스를 펼치리라
무작정 핸들 잡고 달려 찾아간 울진
소녀의 꿈 펼치기로
야망의 숲 일구기로
굳게 다짐하며 밟았었네

진하해수욕장의 포말泡沫 보다
여리고 뽀얗던 순정 바다에 던졌었네
지금도 그 기세는 여전하군
어릴 때 보지 못했던 명선도
매미가 많이 울었다해서 명선도鳴蟬島라고 불렀다지

지금은 태양이 잠든 곳이란다
밤이면 세상의 별빛이 이곳으로 모여든다네
잠깐 혼돈이 밀려왔네
저녁노을 없는 저녁이 지나고

보름이 반은 지난 듯
반달이 바다에 윤슬로 떠 있네

솔숲 모래는 행인의 발자국으로 푹푹 패이고
저곳 명선도에 별이 쏟아지기 시작했네
작은 숲속 섬에
밤바다 깊은 곳까지 파고드는 팡팡

파사드의 퍼포먼스보다 뜨거운 별빛 때문에
자꾸만 자꾸만
울렁이고 매스껍고 눈멀고
잊힌 청춘이 쏙쏙 솟구치기 시작했네

오사카의 밤

탄핵의 등 너머
이웃 나라 오사카에서 밤을 보내네
이래저래 속 시끄러운 일이야
어디 탄핵뿐일까
고즈넉한 저녁이 지나고
도톤보리 야시장으로 시선을 돌렸네
국적을 알수 없는 머리통
물결인가 저승사자인가
촘촘한 박음질로
똑같은 발걸음 장단 맞춰
어슬렁거리며 기웃거리는 군상들
나도 있고 너도 있고 무소식이 있었네
타코야키 라멘 오코노미야키
지네 꼬리 기차놀이 하듯 줄지어 있는 상점
도대체 무슨 맛이길래 궁금했네
오사카 일루미네이션 불빛이 출렁일 때
운하교 난간에 기대
너를 생각하고 나를 생각하고 무소식을 기다렸네

아사히 맥주가 공짜라 하여
양껏 들고 침대에 걸터앉아 TV 리모컨을 누르니
한국 윤석열 대통령 탄핵 뉴스가
NHK 화면을 장식하고 있었네

비문증

곁에 있던 당신이 보이지 않기 시작했습니다
탑새기*처럼 둥둥 떠다니다가
하루살이 되어 장난을 치기도 하고
거미줄로 칭칭 감은 듯
검은 그림자로 검은 구름으로 나를 괴롭힙니다
나는 당신을 잡으려야 잡을 수 없습니다
눈동자를 움직일 때마다
눈앞에 서성이기에 내게로 온 줄 알았습니다
착각은 훨훨 날아
저 너머 바람처럼 언덕으로 줄행랑치는 것이
내게서 잊힐 연습하는 거라 생각했습니다
나는 이미 늙어가고 아픈 허리 뒤틀려
눈마저 빙글빙글 중심 잡지 못하니
당신을 어찌 붙들 수 있겠습니까
모든 그림자는 검게
내 눈에서 당신이 멀어지듯
치밀하여 차마 붙들지 못하고
허공에 헛손질만 하고 있습니다

내가 이렇게 당신을 보지 못하고
실명에 이르러야 하겠습니까

* 탑새기 : 충청도 사투리로 먼지라는 의미

육성(肉聲), 오늘만 살자

나 그대에게 부탁이 있어요
미우나 고우나 남편밖에 없어
마지막 갈무리를 잘하면 좋잖아
중간에 어떻게 했든
시작도 중요한데 갈무리가 참 소중해
그러니까 잘하고 행복하게 살아요
얼마 안 남았잖아
많이 남은 거 같은데 금방 오더라고
나 보니까
그리고 내일 살으라고 하면 살고
아니라고 하면, 내일이 없다는 생각을 하면
매일 울어요
지금 여든네 살인데 아흔 살 낼모레잖아
어떻게 아흔 살까지 살아
내년까지 살아도 감사하지
그래서 지금은 과거는 묻지 않고 말하지 말자
내일도 말하지 말자
내일은 없으니까 우리는

오늘만 살자 해서 꼭 붙들고 다녀
진정 사랑하는 아우에게 할 말 있네
늙은이 푸념이라 생각해도 좋으니
내 말 꼭 들어주게

- 아마도 내가 사는 게 위태로워 보였나 보다

* 윤문자 시인의 전화통화 육성을 따옴

단풍 보러 가자던 사람아

단풍 보러 가자네

단풍 지기 전에 가자네

벌써 져버린 단풍아 은행잎아,

나의 그것은 이미

그의 그것은 아직

나는 이미 다 지고 없어진 말간 낙엽들

나에게서 떠난 큰 바위 얼굴

어째서 자꾸 단풍을 보러 가자는가

또다시 불 지르고 싶은가

절대 붉어질 리 없는 첫사랑이었네

삼합전 앞에 놓고 소주로 붉어진 얼굴

밤새 단풍 구경 실컷하다

생일 축하카드

생일 축하카드에 쓰여 있네요
나날이 기쁘고 흥이 나는 일하면서 행복하게 지내라네요
파이팅 하라며 소고기 양지를 사서 찾아온 그녀
쌓인 눈발에 바닥이 얼어 미끄러졌을지도 모르는데
찬바람 닮은 나에게 미역국을 끓여 먹으라니

탄생은 누구에게나 축복
축하는 누구에게나 행복
엄동설한에 딸 낳고 팔순을 바라보는 노모가
투석을 위해 폭설에도 결석하지 않으려
악착같이 새벽밥 챙겨 드시고 택시 부르는 것
살아야 할 이유가 오직 그것뿐인 엄마가 내 생일을 기억
하는 것

자식이 뭐라고 자식이 뭐길래
굶지 말고 밥 꼭 챙겨 먹으라 당부하는 부탁
새벽 4시의 곡기로 생명 연장하는 어머니 발아래에서
들리는 뽀드득 소리

눈길을 치우며 길을 내는 발자국은 어머니의 분간 없는
가르마
그 길로 내 생일이 걸어가
그 길로 내 엄마가 걸어가

찬물에 우러난 고깃덩이의 핏물이 나의 탄생을 알린다
초경 때도 저랬었나
출산 때도 저랬을까
모두를 곰 솥에 넣고 뜨거운 전율을 우려낸다
고아 고아서 고아가 되지 않도록 미역국 끓이며 탄
생을 자축한다

누가 나에게 고기 몇 근 들고 와 눈 마주쳐주었었나
내가 누구의 생일이라고 고기 몇 근 끊어 들고간 적
있었나
곰삭은 나이에 동짓달 긴 밤처럼 꼬물거리는 미역국
한 사발

역지사지 易地思之

해마 같은 남자를 만나
임신시키고 싶다

내가 알을 건네주면
나를 대신해 새끼를 낳고

사정하는 대신
알을 낳아 키워주는

해마 닮은 남자
있으면 얼마나 좋을까

낙화

능소화만 그런 줄 알았더니

동백만 그런 줄 알았더니

너도 그렇더라

너마저 그렇더라

모가지 뚝 뚝 떨어지더라

목요일의 모래언덕

신두리 사구에 갔었어

사막처럼 능선이 펼쳐져 있었어

그 길을 나란히 걸었었지

어쩜 내 피부와 같이 부드럽고 고우냐고

나는 당신도 그렇다고 맞장구 쳐줬지

내가 쌓은 성은 단단하지

월화수목금을 가지고 싶었어

시간은 점점 줄어

목매달 수 있을 만큼 멀어졌어

오, 목요일의 모래언덕

그 능선만큼 멀어진 당신

보드랍고 고운 나의 모래여

단단했던 나의 성이여

오늘 나는 신두리 사구로 가네

당신과 내가 걸었던

목요일의 모래언덕을 보러 가네

멀어진 금토일을 찾으러 가네

오늘도 나는 술래

이 나이에 가야 할 곳이 마땅치 않다면
당신은 나를 어떻게 생각하시겠습니까?

내 처지가 벼랑 내세울 것 없고
가진 것 넉넉지 않아
친구를 불러들일 자신도 없습니다

그렇다면 나는 무엇을 해야 합니까?
오로지 당신을 바라보는 이 나이에
어쩌다 나는 갈 곳이 마땅치 않게 되었을까요

나는 주말이 싫어졌습니다
남들은 주말만 기다린다는데
나는 진짜로 주말엔 별 볼 일 없습니다

도로가 막힐까 봐 걱정이고요
돌아올 걱정 미리 하게 되고요

그 걱정 때문에 머리 아프고요
그 스트레스로 짜증나게 됩니다

난 주중이 좋아요
남들 다니지 않고 일할 때
골라서 놀러 다니려고요

어떡하면 편히 인생 즐길 수 있을까
그러려고 매일 술래잡기 놀이에 매달려요

포기하지 않는 삶

커다란 우주 닮은 용서와 시금털털한 화해

세상의 비밀이 잘 버무려진 그 속

너와 내가 포개있는 줄 아무도 모른다

총각무와 배추 아가씨가 만나

떨어질 생각 없이 포옹하며 웃는다

우리 사연 새어나가지 못하게

비닐봉지 상투 틀어 꽁꽁 묶어 놓았다

겨울을 이기라고 농도 맞춰 뚜껑도 꼭 닫는다

포개져 있는 너와 나를 떨어트리는 건

용서와 화해, 우주를 포기하는 일

설익은 삶이라고 포기하지 말고

한 포기 한 포기 익히며 맛있게 살아갈 일

고사리와 고비 사이

어메, 지금이 고비네
고사리 뜯으러 갔다 만난 고비
내 품인지 네 품인지
분간 없이 손이 가는 나른한 오후의 햇살도 잠이 깬다
뒤돌아보면 또 있고
지나간 자리 나보란 듯
쑥쑥 올라와 놓고는
다소곳이 윙크하는 고사리
헷갈리기도 하지만
여린 고비가 고사리보다 맛있다니
고비마다 고비만 찾고 싶어진다
바스락거리는 숲을 헤맬 것도 없다
궁둥이 붙이고 앉아 잠깐이면
한 소쿠리 담게 되는 봄나물들
허리 아픈 줄 모르고
시간 보내기 좋은 철에
한 시간만 투자해보라
고마웠던 지인들께 두루두루

나눠 줄 고비 실컷 뜯을 수 있다
황량한 겨울 견디고
세상 보란 듯이 언 땅 밀어 올려 용트림으로 나온 위
대한 것들
누구나 한 번쯤 겪게 되는 고비
때마다 고비는 넘기면 된다
내가 뭘 잘못했는지
앞으로 어떻게 보완하며 살 것인지는
고사리와 고비의 자태 거울삼아 깨달으면 되는 일
오동통하나 억세지 않고
대차게 밀어 올려 키를 세우나
고개는 돌돌 말아 숙이는 겸손 배우면 되잖은가
잠깐 인생을 뒤돌아보고
삶을 생각케하는 고사리와 고비를 뜯으며 마지막으로
하는 말
아이고, 허리야 요 고비만 잘 넘기자꾸나

여러 갈래 길

가야 할 길이 두 갈래 세 갈래 험한 길이라면

나는 그 길 마다하지 않으리

부모도 형제도 친구도

외면할 시간이 와 홀연히 혼자가 된다면

처연하게 받아들이리

여러 갈래 길이 나를 시험한다면

춥고 쓸쓸하여

애달고 구슬퍼서 슬프겠지만

주어진 선택에 후회하지 않으며

기꺼이 나의 삶 짊어지고 마무리 지을 것이다

나는 하나의 길을 마다하지 않으나

돌아올 길이 다르다 하여 고적해도 슬퍼하지 않으리

신호

오른쪽 젖꼭지에 온다

근질근질 간질간질

재촉하는 것 같고

얼른 해결해 주지 않으면 안 될 것 같아

브래지어를 위로 걷어 올린다

오른쪽 엄지와 검지로 유두를 꺼낸다

나의 가슴은 무인도

첫애 낳았을 때

젖몸살 심하게 앓았을 때

시어머닌 애비가 빨아줘서 돌게 해야 한다고 말씀하셨지

어머니 앞에서 빨아주기 민망했던지

멀뚱 쳐다보며 뒤통수만 긁적이던 그가 생각나네

초유는 꼭 먹여야 한다기에

아기 면역력 형성에 좋다기에

여성 백과에 그렇게 나와서 그렇게 했네

유난히 여린 젖꼭지는 물리자마자 찢어지고

빨간 피가 아기 입과 얼굴에 마블링처럼 튀어 뭉개지면

참다못해 울며 아이를 내려놓았네

유축기만 대도 터져버리는 앵두
물리기는커녕 짜지도 못하는 쓸모없는 젖
나는 그 뒤로 젖에 대한 트라우마가 생겼고
나의 핸디캡으로 아예 잊고 지냈다
브래지어 속에서 숨바꼭질도 안 되는 신세
용불용설이라 했나
꼭지는 나올 생각을 않는다
수동으로 꺼내야 나오는 고장 난 기계
매번 손으로 꺼내어 바람을 쐬어야 하는 운명
노브라 노팬티 노노노
거울 앞 나체의 매력은 빵점
수동이 귀찮아 게으름을 피울라치면
저도 슬픈지 눈물이 고여 쉰내가 나기도 한다
면봉으로 후벼주거나 급하면 손톱으로 긁어낸다
처박혀 있던 그것을 꺼내
만지작거리며 딱딱하게 세워보기도 한다
비틀고 조몰락거려 죽지 않게 정성을 들이면
꽤 오래 원형을 보존하기도 하는데
그것도 연식이 낡음에 따라 버티는 시간이 짧아진다
주기적으로 누군가 빨아줬더라면
이렇게 폐기되지는 않았을 거란 상상을 해 본다
고양이 등처럼 유연해서 스스로 빨아댈 수 있으면 좋

으련만

거기까지 숙여서 입이 닿으려면 죽어야 가능하지 않을까

그로부터 나는 구수 젖이 되어버렸다

자신 없는 여성으로 스스로 가두는 버릇이 생겼다

목욕탕에서 그녀들을 의식해서 꼭지부터 뺐고

사우나에 앉아서도 손이 가는 곳이 거기라니

내가 누구 앞에서 옷을 벗겠는가

참 불편한 트라우마

이제 쉰이 넘으니 그러거나 말거나 잊고 산다

나 이런 여자요, 그러니 그러려니 하세요

혼자 중얼중얼 얼중얼중하면서 논다

유두가 밤처럼 커다랗고 까만 여자에게 자꾸 시선이 간다

부러우면 지는 거라는데 좀 부럽다

아는 동생이 유방에 실리콘 빵빵하게 넣고 신났다

나도 시술 좀 해볼까 하는 유혹도 생긴다

그냥, 쓸데없는데 신경 쓰지 말고

좋은 시 한 꼭지 더 써서 유명한 시인이 되자고 위로하는 밤

여성 보다 시인이 더 좋다며 위로를 하는데

어쩌자고 자꾸만

나의 거기가 간질간질 근질근질거리는가

이런 때 누가 나를 빨아주는 이 있으면 좋겠다고 생각

□ 굴포운하에 대하여

- 굴포운하(가적운하) : 충남 태안군 태안읍 인평리와 서산시 팔봉면 어송리 간 7km에 달하는 운하유적.
- 태안군 태안읍에 접해있는 천수만과 서산시 팔봉면과 접해있는 가로림만을 연결하는 운하유적.
- 1134년(인종 12년)에 착공하여 1669년(현종 10년)까지 530년간 계속되었지만 결국 전체 7km 중 4km만 개착되고 나머지는 완공하지 못했다.
- 현재 굴포운하의 유적지로 남아있는 지역은, 평균적으로 운하 밑바닥의 넓이는 약 19m이고, 상층부의 넓이는 52m이며, 높이는 제일 낮은 곳이 3m이고 제일 높은 곳은 50m이다.
- 2000년대 말 굴포운하를 재착공할 것이 제안된 적도 있다.
- 고려와 조선시대에는 곡창지대인 호남지방에서 생산되는 곡물을 서해안 바닷길을 통해 한양으로 운송했다. 그러나 곡물을 수송하는 조운로는 자연재해가 심했으며 특히, 지금의 태안군 앞바다에 해당하는 안흥항 해역은 선박의 피해가 심했다.
- 항해 기술이 발달하지 못해 외해로 나가는 것이 어려워 안흥량을 지나는 대신 태안반도를 관통하는

방식인 운하를 건설하려 했다.

- 1134년 고려조정은 3km만 굴착하면 될 것이라 생각하고 공사에 들어갔으나 실패했고, 조선에서 1412년부터 다시 시도하지만 1669년 다시 포기하고 만다.

- 모두 실패한 이유는 토목기술이 자연환경을 극복하지 못했기 때문이다.

- 건설하려는 지역은 '중생대 쥐라기'에 형성된 단단한 대보 화강암이 기반암으로 분포하고 있으며 어렵게 뚫은 곳도 조류의 작용으로 다시 메워졌기 때문이다.

- 운하를 건설하려는 시도가 실패로 끝나자 대안으로 선택한 것이 운하 굴착 구간의 양쪽에 조창을 설치하고, 그 사이의 육로로 운송하는 '설창육륜'이었다.

- 그러나 이 방식도 옮겨 싣는 과정에서 발생하는 보관비, 인건비 등의 비용 증가로 부작용이 발생해 실패로 끝났다.

- 현재 굴포운하 터 주변에는 조창과 관련해 '창'(창고) 자가 붙은 지명이 일부 남아 있다.

- 또 다른 대안으로는 그 당시 육지의 돌출부로 남아 있었던 안면반도를 굴착하여 천수만을 통과하게 함으로써 안전을 확보하는 것이었다.

- 1638년 현재의 안면읍 북쪽에 판목운하가 개설되어 이때부터 안면도는 섬이 되었다.
- 참고로 운하가 개설된 지역은 고생대의 퇴적암 지층 '태안층'이 분포하는 곳이다.
- 한반도 운하건설 : 고려와 조선시대를 걸쳐 해상 교통 노선의 위험을 감소시키기 위한 도전.
- 안흥항 인근의 해상은 해류가 강하고 풍량이 심해 수많은 세곡선이 침목.
- 여러 차례 운하를 통한 해상푸트의 개선이 시도되었으나 실패.

□ 굴포운하(탄포운하), 의항운하, 안면운하(판목운하)에 대하여

- 굴포운하(탄포운하) : 고려시대 ~ 조선시대 천수만과 가로림만에 뱃길을 내는 주요 운하 건설.
- 고려 1134년 : 인종 2년에 정습명이 처음으로 파견되어 굴착 시도.
- 1154년과 1391년에 굴착을 재개했으나 기술적 한

계와 자연적 장애로 인해 실패.

- 조선 1395년~1461년 : 여러 차례 공사를 재개하
였으나 실패.

- 1403년(태종 3년) : 1천 여명의 선원과 쌀 1만여 석
이 수몰.

- 1413년 : 백성 5천 명을 동원하여 갑문식 운하를
완공하였으나 잦은 운반으로 무용지물.

- 1414년(태종 14년) 66척의 조운선이 침목.

- 1461년 세조 때 신숙주와 홍윤섭의 실사 결과를 토
대로 포기.

□ 의항운하 - 짧은 역사

- 1522년과 1537년 : 굴포운하를 파지 못해 차선책
으로 종종의 명령으로 태안 송현리에서 의항리까
지 건설이 시도되었으나 강한 조류와 기술적 문제
로 이루지 못함.

□ 안면운하(판목운하)의 성공적 건설

- 1638년 : 인조 16년에 착공하여 완공된 안면도 운
  하는 뱃길을 80km 단축시켜 성공.
- 특히 '쌀 썩은 여'라 불리는 해역에서의 침몰 사고
  를 방지하게 됨.
- 운하의 길이는 200m 폭의 길이도 200m.
- 안면운하(1638년)은 수에즈운하(1869년) 보다 231년
  앞서 건설됨.

□ 태조 4년(1395년)부터 세조까지 침몰 피해

- 태조 4년(1395년) 경상도 조운선 16척.
- 태종 3년(1403년) 경상도 조운선 30척, 인명피해 1천
  명, 세곡 1만 섬.
- 태종 14년(1414년) 전라도 조운선 66척, 인명피해 2천
  명, 세곡 5천8백 섬.
- 그 후 태조부터 세조까지 60여 년간 조운선 200여
  척이 침몰 파선.

- 원인은 안흥 앞 마도 인근의 강한 조류와 발달하지 못한 조선 기술, 삼남지역 수령들의 가와 화물 과적, 뱃사람들의 세곡 절도(쌀 썩은 여의 고의 침몰).
- 그 후 1976년부터 2014년까지 모두 14척의 고선박의 유물이 인양됨.
- 12척은 고려시대 배이고, 조선시대와 통일신라시대가 각 1척 씩이다.
- 신증동국여지승람에서는 태조부터 세조까지 약 200여 척의 조운선이 침몰함.

굴포운하 개착의 역사와
설창육수設倉陸輸 노선 옛길

　서산시와 태안군에 걸쳐 있는 태안반도는 우리나라의 대표적 리아스식 해안으로 육지부가 바다 깊숙이 들어가 곶串을 이루고 있다. 충청남도의 서북단 끝부분에 위치해 있으며 안면도 고남, 안흥, 파도리, 구름포, 소근진, 학암포, 내리 및 서산시 대산읍 독곶의 황금산 등은 부채살처럼 펼쳐진 금북정맥의 끝자락에 해당하는 곳이다.

　그리고 지금은 안면도가 육지와 연육된 섬이지만 과거에는 뭍이었던 곳으로 안면곶이었다. 육지였던 곳에 인공적으로 운하를 개착하여 지금의 태안군 안면읍 창기리와 남면 신온리 사이에 바닷물이 통수됨으로써 섬이 된 것이다.

　이곳 서산시와 태안군의 태안반도가 가지는 중요성은 여러 가지 있겠지만 역사적으로는 무엇보다도 조운로를 비롯한 세곡선의 항로에 있어서는 그 의미가 남다르다 하겠다.

지금도 인천과 평택항에서 중국의 산동 지방으로 운항하는 선박은 태안반도와 덕적도 사이의 항로를 이용하고 있다. 심지어 만리호와 학암포에서는 배의 운항로를 육안으로도 식별이 가능하다. 난행량難行粱이라 일컬어졌던 안흥량安興粱은 좁게는 관장목을 포함하는 안흥과 신진도 주변을 지칭하지만 넓은 의미에서는 안면도 영목 앞바다에서 서산시 대산읍 황금산까지를 일컫는데 바로 이곳에 쌀썩은 여, 안흥량, 관장목, 방이도 주변의 험로가 산재해 있어 고려와 조선시대의 조운에 막대한 지장을 초래했다.

연례행사처럼 난파되는 조운선을 보호하고 세곡미의 안전한 운송을 위하여 고려에서 조선시대에 이르기까지 여러 가지의 시도가 있었으며, 그중의 하나가 굴포운하掘浦運河의 개착이었던 것이다. 우리 고장의 역사를 이해하고자 서산과 태안 지역에서 고려시대와 조선시대에 있었던 운하 개착의 역사를 간략히 정리해 보고자 한다.

〈고려시대에 있었던 운하개착의 역사〉

- 숙종(1095-1105) 및 예종시대(1105-1122) 시기적으로 안흥량安興粱에 대한 대책으로 굴포운하掘浦運河와 관련된 최초의 기사는 태종실록에 보인다. 「전 왕조 예종(1106-1122)과 숙종(1096-1105) 시기에 백성을 동원하여 굴착하였으나 그 효과를 보지 못했다.」

　기록상으로 확인해 보면 이미 고려 숙종과 예종 시기에 백성을 동원하여 굴착했으나 실패한 것으로 기록되어 있다. 기사에 분명 백성을 동원하여 공사에 임했고 그 효과를 보지 못했다는 것은 실패했다고 판단하는 것이 올바른 해석이라 하겠다. 더군다나 고려 숙종과 예종조의 양조에 이르는 기간 동안 이루어진 공사라면 이는 논의에 그친 것이 아니라 실제로 공사에 돌입한 것이라 하겠다. 선행 연구자 대부분이 본 기사를 두고 직접 공사에는 돌입하지 않고 논의과정에 그친 것으로 추정하는데 이는 오류라 판단된다.

- 인종시대(1122-1146)

　고려 인종 12년(1134년)에 굴착 시도가 있었는데 내시 정습명鄭襲明에 의해서다.

「내시 정습명을 시켜 홍주 소대현에 운하를 굴착하게 하였다. 안흥정安興亭 아래로 통하는 수로는 사방에서 모여드는 물살이 거셀 뿐만 아니라 험한 암석이 있어 왕왕 배가 전복된다 하여 혹자가 건의하기를 소대현 경계에 운하를 파고 물을 끌게 되면 뱃길이 가깝고 편리하다고 하였다. 그리하여 정습명을 시켜 소대현의 인접 군현에 있는 군졸 수천 명을 풀어서 운하를 파게 하였으나 결국 성공하지 못하였다.」

　상기의 기록으로 보아 정습명 역시 굴포운하 개착을 시

도하였으나 실패로 끝났음을 알 수 있다.

- 공양왕시대(1389-1392)

왕강이 왕에게 건의하기를 "양광도 태안과 서주의 지경
에 있는 탄포는 남쪽으로 흘러 흥인교興仁橋까지 180여 리
요. 창포는 북으로 흘러 순제성 아래까지 70리인데 두 포
구 사이에는 옛날에 개울을 팠던 곳이 있는데 그 깊게 판
부분이 10여 리이고 아직 파지 못한 곳이 7리에 불과하므
로 만일 이를 다 파서 바닷물을 통하게 만든다면 매년 해
상 운송할 때 안흥량安興梁 400여 리의 험한 곳을 거치지 않
게 될 것이니 7월에 공사를 시작하고 8월에 마치게 하기를
바랍니다."라고 하였다. 그리하여 장정들을 동원하여 이를
파게 하였다. 그러나 돌이 물 밑에 있고 또 조수가 왔다갔
다 하므로 파는 족족 메워져서 시공하기가 용이하지 못하
므로 끝내 성취하지 못하였다.

왕강은 고려 왕조의 종실로 그 역시도 굴포운하를 개착
하고자 하였으나 실패하고 말았다. 그 원인은 지반에 화강
암 암반이 있어 굴착이 어렵고 또 서해안의 큰 조수간만의
차로 인하여 조수가 힘들게 공사한 조거를 메워버렸기 때
문이다. 이로써 고려시대 숙종(1096-1105)조 부터 이루어졌
던 굴포운하의 개착은 모두 실패하기에 이른다.

<조선시대에 있었던 운하개착의 역사>

- 태조시대(1392-1398)

태조 4년에 경상도 조운선 16척의 난파 사고로 인하여 지중추원사 최유경을 시켜 운하개착 가능지를 파악토록 명하였으나 땅이 높고 굳은 돌이 있어 공사가 어려움을 피력함으로 인하여 운하개착 공사에 돌입하지 못하고 포기한다.

이어서 남은에게 명하여 운하개착 가능지를 재차 탐색하게 하였으나 남은 역시도 땅속의 돌로 인하여 공사가 불가능하다는 보고하기에 이른다. 이에 조정에서 굴포운하의 개착여부를 논의하였으나 불가능한 것으로 결론을 내고 태조 시기에는 굴포운하 개착공사를 진행하지 않는다.

- 태종시대(1400-1418)

태종 3년에 경상도 조운선 34척이 침몰함으로 인하여 경상도 조세를 남한강을 이용한 수운으로 변경 운영하던 중 하륜의 제안에 따라 고려말 왕강의 굴포운하堀浦運河 개착지 노선에 제방을 쌓아 인공 저수지를 만들어 저수지와 저수지를 작은 배가 릴레이하듯 세곡미를 운반하는 방안을 모색하고 공사에 돌입하여 운하를 완성하였으나 저수지의 규모가 너무나 협소하여 작은 배조차도 운행하기 어려운 정도여서 완공하였으되 활용을 못 하게 되어 태종은 이를 크게 책망하기에 이른다.

태종은 다시 박자청으로하여금 굴포 현지를 돌아보고 공사의 가능 여부를 파악해 보고할 것을 명해 박자청이 그림으로 그려 공사의 부당함을 보고하였으나 조정에서는 가부의 의견이 분분해 태종은 결정을 미루게 된다. 이후 태종이 직접 강무를 사유로 서산, 태안 지역의 굴포를 순행하는 등 강력한 의지를 가지고 굴포운하 개착을 추진하였으나 끝내 그 뜻을 이루지 못한다.

- 세조시대(1455-1468)

정유림이 전라도 조운선을 순성의 옛터에 정박하게 하여 조세미를 육로로 영풍창永豐倉까지 운송하고, 영풍창에서 다시 조운선에 옮겨 실어 한양으로 운송하는 방안을 제안하였으나 이러한 방식의 조운제도 운영 여부는 명확지 않다. 세조 7년에 신숙주, 안철손 등을 보내 굴포운하 개착 여부를 살피게 하여 신숙주는 굴포운하 개착을 건의하기에 이른다.

이후 신숙주를 중심으로 공사에 들어가게 되는데 그 노선은 기존의 하륜에 의한 공사노선과는 다른 굴포운하 제2노선으로 태안군에 소재하는 남창포 - 하창 - 중창 - 상창 - 북창 - 북창포 노선이다.

그러나 3년간의 공사에도 완공을 보지 못하고 세조 10년 "물길이 바르지 않고 진흙이 물러서 파는대로 무너져 버린다"는 사유로 굴포운하 제2노선 개착공사 역시 중도에서 중단되기에 이른다.

- 중종시대(1506-1544)

세조 이후로는 굴포운하의 개착지가 서산시와 태안군의 접경지역이 아니라 태안군 소원면의 의항 쪽으로 변경된다. 이는 안흥량安興梁의 전체 지역을 피할 수는 없지만 관장목이라는 안흥량 중 최고의 험로를 피하기 위함이었다.

중종실록에 따르면 "김전과 남곤의 건의로 기존의 굴포를 파는 것과 의항에 새로운 조거를 건설하는 것을 논의하여 결국 의항에 굴포를 팠다."고 되어 있다.

의항굴포는 중종 31년(1536년)에 5천 명의 승려들을 강제 동원하여 이듬해에 완성하였다. 그러나 의항굴포 역시 제 역할을 수행하지 못한 것으로 판단된다.

「견항犬項에 새로 수축한 제방이 얼마 안 되어 무너졌고, 의항蟻項의 굴착도 역시 메워졌으니 노역시킨 보람도 없고 수축시킨 명령도 허사가 되었습니다. 게다가 나누어준 호패는 도망 다니는 도둑들의 기화가 되었으니 결국 중들만 이롭게 되었을 뿐 국가는 해만 입게 된 것입니다.」

의항굴포 개착의 실패는 모래 지형 때문으로 판단된다. 우리나라의 유일한 사구로 유명한 태안군 신두리 사구를 비롯하여 만리포 주변 일대가 모두 모래가 쌓여 이루어진 것이다.

그리고 의항굴포의 위치는 일반적으로 송정저수지로 넘

어가는 무너미재로 알려져 있으나 몇 차례 현지를 답사해
본 것으로는 무너미재에서 인공적으로 공사한 흔적을 전
혀 발견할 수 없었다. 그리고 태안 지역의 향토사가들의
주장에 따르면 파도리 쪽에 위치했을 가능성을 주장하고
있어 지형상으로 무너미재 보다 해발 고도가 훨씬 낮고 또
이 항로는 오직 관장목을 피하기 위함이므로 공사 구간이
짧고 돌이 없어 공사가 쉬운 구간을 찾아 공사했을 가능성
은 농후하다 하겠다. 그렇다면 만리포 전망대 쪽에 소재해
있는 주차장과 연결된 옛길이 운하 개착지 일 가능성이 있
다. 왜냐하면 주변의 지형보다 낮고 인공적으로 조성된 듯
한 흔적이 보이기 때문이다.

- 효종시대(1649-1659)

김육이 서산 태안의 경계 지역에 운하를 파고 통주通州의
석갑石閘과 같은 갑문식 운하를 설치 운영할 것을 제안하였
으나 많은 신료들의 반대로 실행에 옮기지 못하고 그 대안
으로 안면도와 팔봉산 아래에 창고를 설치하고 이 구간을
육로로 운송하는 방안을 제기하였으나 이 또한 받아들여
지지 않는다. 이는 김육이 충청감사를 역임한 바 있어 이곳
의 사정을 두루 잘 파악하고 있었기 때문이며, 특히 육지와
이어진 곳이었던 안면곶安眠串이 끊어져 안면도安眠島가 된
것도 김육과 연관되어 이루어진 역사役事이다.

안면도 외해를 돌아서 조운선이 운항하게 되면 안면도
신야리 앞바다의 싹썩은 여를 반드시 거쳐야 하므로, 앞에

서 관장목을 피하기 위하여 의항굴포 개착이 있었듯이 신야리 '쌀 썩은 여'를 피하기 위해 안면도 굴포를 개착함으로써 안면도가 곶에서 섬으로 바뀌게 되는 것이다.

- 현종시대(1659-1674)

우암 송시열의 제안으로 굴포의 남쪽과 북쪽에 창고가 설치되어 운영되는 설창육수設倉陸輸안이 받아들여져 운영된다. 남창은 천수만의 북쪽 끝단인 순제성 인근에 그리고 북창은 가로림만의 남쪽 끝인 영풍창永豊倉 인근에 창고를 설치하고 이 구간을 우마차로 운반하는 것이다. 이를 안민창이라 하는데 이 또한 오랜 세월 운영하지 못하고 폐단으로 인하여 중도에 중지되기에 이른다. 배에서 세곡미를 내려서 우마차로 남창과 북창 사이를 운반하는 것이 예상했던 것보다 많은 폐단이 발생했기 때문이다.

굴포운하掘捕運河 개착 오백여 년의 역사를 통틀어 실제 운영된 것을 확인할 수 있는 기간은 현종 때에 우암 송시열의 건의로 운영된 기간뿐이다. 오백여 년을 계속해서 논의되었다는 것은 굴포운하가 가지는 중요성을 증명하는 것이라 하겠다. 안흥량安興梁 사백 여리에 산재해 있는 조운로 상의 험로를 피하고자 굴포운하 제1노선과 굴포운하 제2노선, 의항굴포, 안면도굴포가 개착되기에 이르고, 결국 최종적으로 안면도 굴포의 개착은 성공하였지만, 나머지는 모두 실패했을 정도로 지난한 역사를 가지고 있다.

그 만큼 힘든 공사였으며, 국가적으로는 중요한 사업이었
던 것이다.

  상기 지도상에 그려진 1, 2, 3번 실선의 아래쪽 출발점
부근이 현재 인평저수지 북쪽 끝단에 해당하는데, 이 지역
은 천수만의 북쪽에 소재해 연결되어 있던 적돌만의 끝이
다. 그리고 농경지는 가로림만의 일부를 간척하여 만들어
진 농경지로 창개뜰, 창뜰이라고 부른다. 편 팔봉중학교와
구 고성초등학교로 확인된다. 고성초등학교는 말 그대로
옛날에 있었던 성城에서 유래되었고 그 성은 순제성 또는
순성이라 불리던 고성이었다.
  1) 가운데 짧은 노선이 고려시대에 개착하고자 시도했
     던 굴포운하 노선도이다. 현 서산시와 태안군의 경계

와 일치한다.

2) 좌측 노선이 굴포운하 제2노선으로 조선시대 세조때에 신숙주가 중심이 되어 공사한 노선으로 이 노선의 일부 구간은 서산시와 태안군의 경계에 해당하지만 나머지 부분은 태안군 지역에 소재해 있다.

3) 우측 노선은 서산 – 태안간 4차선 도로가 생기기 이전의 2차선 아스팔트 도로에 해당하는 노선과 대부분 일치하고 천수만 내의 농경지 부분을 가로질러 영풍창으로 이어진다. 이 옛길이 현종 때 송시열의 건의로 만들어진 설창육수設倉陸輸안의 노선이다.

그리고 팔봉면 어송리에서 대문다리는 아주 유명한 지명이다. 지금은 마을 주민들조차도 대문다리가 어디에서 연유했는지 아는 사람이 전무한 실정이다. 이 대문다리라는 지명도 설창육수設倉陸輸와 관련하여 만들어진 지명이다. 천수만을 경유하여 배가 들어올 수 있는 적돌만 끝까지 세곡선으로 세곡미를 운송하고 그 이후에는 이 세곡미를 우마차에 실어서 구 고성초등학교와 현 팔봉중학교 앞을 지나서 영풍창까지 운송하는데 어송리 창개뜰 입구에 들어서면 팔봉산과 차동고개에서 발원한 조그마한 하천을 통과해야 한다. 바로 이곳에 당시에 커다란 수문이 설치되어 있는 다리를 놓았던 것이다. 그 수문이 지금의 대문다리가 되었고 그 대문다리 위로 우마차가 세곡미를 싣고 오갔다. 다만 이 수문이 세곡미 운송을 위해서 건설된 것인지 그 이전에 농지 확장을 위한 간척을 위한 것인지는 알 수 없다.

서산의 옛길 중 이 길은 가장 특이한 길에 해당한다. 사람의 통행을 위한 길이 아니고 순전히 세곡미 운송을 위한 특수목적 도로로 개설된 길이기 때문이다. 그러나 이 길 역시 현종 때 잠시 사용된 길이었다.

그 이후로는 서산과 태안을 연결하는 주도로가 풍전역, 여기정을 통과하는 노선에서 차동고개, 어송리, 팔봉중학교, 구) 고성초등학교, 인평저수지를 통과하는 도로가 서산-태안을 연결하는 핵심 도로가 되면서 한동안 주목받고 활용되다가 현재는 4차선 도로가 개설됨으로써 이 길은 옛길로 우리의 기억 속에 각인되어 가고 있다.

* 시집 『굴포운하』의 이해를 돕기 위해 한기홍 서산역사문화연구소장과 협의하에 「굴포운하 개착의 역사와 설창 육수設倉陸輸 노선 옛길」을 시집 부록으로 싣는다.

축성築城한 언어의 견고한 향유享有

– 오영미 시집 『굴포운하』의 시 세계

구재기(시인, 한국문인협회 부이사장)

축성築城한 언어의 견고한 향유享有
- 오영미 시집 『굴포운하』의 시 세계

구재기(시인, 한국문인협회 부이사장)

■ 들어가면서

　시에 있어서의 소재는 보편성, 객관성과 참신성에 따라 주제에 알맞은 기준을 어떻게 선택하여야 할 것인가에 의하여 이루어져야 한다. 이 중에서 보편성普遍性은 가장 강조되어야 하는 것으로 이에 상반되는 특수성이 있다. 특수성은 개성과 독창성 등을 의미하고 있지만 보편성의 범위 안에서 다분히 의도되지 않으면 별 의미가 없다. 다음으로는 객관성客觀性이다. 시는 가장 확실하고 타당성 있는 소재의 선택으로부터 시작된다고 하여도 과언이 아니다. 사실에 근거한 소재를 선택하여 시의 주제와 직접적인 관계가 있어야 한다는 것이다. 끝으로 참신성嶄新性이다. 보편성의 범위를 벗어나지 않으면서 참신한 소재를 선택으로 창작되어 진 시작품은 쉽게 공감을 유발할 수 있기 때문이다. 따라서 시에 있어서의 참신성은 소재 선택 시에 가장 신경 써야 할 핵심 요소가 된다고 볼 수 있다.

　이와 같은 의미에서 오영미 시집의 표제로 등장한 『굴포 운하』는 순간적으로 번쩍 띄게 한다. '굴포'라는 지명이 그렇고, 이에 따라 '운하運河'가 가지는 의미가 적어도 필자에게는 참신하게 다가오기 때문이다. 운하運河는 사람이나 물건을 실어 나르기 위해 만든 인공수로이다. 원래는 선박 항행航行 이외에 관개·급수·배수 등의 목적으로 축조된 인공수로人工水路를 총칭한다. 통상적으로는 수운輸運을 하기 위한 인공수로를 말한다. 시에 있어서의 운하는 인간과 인간 사이의 시적 불소통不疏通을 뚫어주는 가장 큰 지름길이 아닐까.

　굴포운하掘浦運河, 또는 가적운하加積運河는 충남 태안군 태안읍 인평리와 서산시 팔봉면 어송리 간의 7km에 달하는 운하유적을 말한다. 태안군 태안읍에 접해 있는 천수만淺水灣과 서산시 팔봉면과 접해 있는 가로림만加露林灣을 연결하는 운하 유적이다. 고려와 조선 시대에는, 곡창 지대인 호남 지방에서 생산되는 곡물을 서해안 바닷길을 통해 한양으로 운송했다. 그러나 곡물을 수송하는 조운로漕運路는 자연재해가 심했으며, 특히 지금의 태안군 앞바다에 해당하는 안흥량 해역은 선박의 피해가 심한 곳이었다. 항해 기술이 발달하지 못해 외해로 나가는 것이 어려워 안흥량을 지나는 대신 태안반도를 관통하는 방식인 운하를 건설하려 했다. 그 지역은 현재의 태안군과 서산시의 경계 지역에 해당한다. 『위키백과』https://ko.wikipedia.org/wiki/[굴포운하]

　원래 충남 태안지방의 근흥면 안흥량安興梁은 삼남지방

의 세곡미稅穀米를 조운漕運하는 곳이었다. 그러나 이곳은 조류가 빠르고 풍랑과 조석간만의 차가 심해 해난사고가 잦았다. 이곳의 해난사고는 인명과 세미稅米의 손실은 물론, 조역漕役의 기피현상, 새로운 조운선 제조에 따른 국민 부담의 증가, 세미손실에 따른 환징換徵 등의 피해였다. 이 때문에 운하를 건설하기 위한 시도가 몇 번 이루어졌던 것이다.(『한국민족문화대백과사전』에서)

이 때문에 운하를 건설하기 위한 시도가 역사적으로 몇 번 이루어졌다고 하였거니와, 시 또한 시인과 독자 사이의 교화함도 이와 같을 것이라는 의미에서 오영미가 가지는 운하길[運河路]을 따라가 보기로 한다.

1. 역사적 소명 의식

오영미는 몇 해 전 그리스 발칸반도를 여행하고 있을 때 만난 수에즈운하, 파나마운하와 함께 세계 3대 운하 중 하나인 코린트운하'를 여행하고는, 여행이 끝난 후 어렴풋이 알고 있던 상식으로 줄곧 서산의 굴포운하를 생각했다고 한다. '미완으로 끝난 상태로 팽개쳐진 듯 볼품없이 현존하는 모습이지만 수에즈운하보다 752년 앞섰고 파나마운하보다 671년이나 앞서 시도했던 아직도 역사가 살아 있는 전설 속 운하가 바로 '서산 굴포운하'라면서, 이 굴포운하는 충남 서산에서 우리나라뿐 아니라 세계 최초로 운하 건설의 필요성을 언급하며 건설을 시도했다는 것은 참으로 감격스런 일이 아닐 수 없었다고 한다. 그러면서 '이는 단순히 역사를 읊조리는 것을 떠나 대한민국의, 충남의, 서산의 소중한 보고寶庫로 발현發顯해야 한다'고 주장한다. 실제로 오영미는 '시간을 거슬러 굴포운하의 역사를 재조명하고 현장을 찾아 현재의 모습을 시 창작으로 승화시키고 싶었다'면서 '역사의 현장을 수십 번 찾아 그들의 희생과 노력에 대하여 깊이 있는 연구를 하고자 시도했고, 많은 자료들을 확보하고자 시간을 할애했다'고 한다. 바로 오영미 시인으로 하여금 역사적 사명 아래 『굴포운하』라는 한 권의 시집으로 태어나게 된 것이다.

천수만과 가로림만을 연결하는/운하유적이 미완성으로/아가리를 다물지 못한 채/충남의 손길을 기다리고 있다/인종 12년(1134년)에 착공하여/현종 10년(1669년)까지 530년 동안/총 7km 중 4km만 개착開鑿 상태다//1134년 이후/미완의 3km 굴착을 시도하였으나/토목기술이 자연환경을 이기지 못해/1412년과 1669년 거듭 포기를 해야했다/이에 충남과 서산시에 제안한다//태안읍 인평리와 서산 팔봉면 어송리 간幹/그 경계의 운하 건설/호남 지역 곡물을/서해안 바닷길을 통해 한양으로 운송하고자/노력한 흔적 모아 다시 복구해 보면 어떨까//터널 뚫는 기술은 세계 최고라 자부한다/전 세계인을 불러 모아 잔치를 하자/우리 충남의 문화유산 살리기에/'힘쎈 충남'이 다시 도전해 볼 일이다//세계적 파나마운하와 수에즈운하보다/훨씬 앞선 고민이 우리 대한민국, /891년 동안 침묵하고 있는 굴포운하가/

여기, 글로벌 충남 지역 서산에 있다/

- 시 「굴포운하」 전문

이 시작품을 처음 대하는 사람이라면 짐짓 이 시작품에서 찾아볼 수 있는 '깊은 생각, 훌륭한 소리, 또는 생생한 이미저리imagery' 등을 엿볼 수 없어 조금은 당혹스러움을 느꼈을 것이다. 그러나 몇 번 되풀이해 읽다 보면 시인 오영미가 얼마나 '굴포운하'에 대하여 얼마나 원대한 사명감을 가지고 있는가를 쉽사리 알 수 있었을 것이다. 시인에게는 미완未完으로 끝난 굴포운하에 발자국을 거듭으로 새길 때마다 자신에게 역사적 사명으로 받아들이고 있었던 것이다. 그러한 가운데 '천수만과 가로림만을 연결하는/운하 유적이 미완성으로/아가리를 다물지 못한 채/충남의 손길을 기다리고 있'기 때문이다. 화자는 그러한 굴포운하의 모습을 '아가리'라는 비속한 단어를 시어로 사용하고 있다. '아가리'란 곧 '입'을 비속하게 이르는 말이다. 굳이 '입'이라는 표준어를 쓴 것이 아니다. 비속어를 사용함으로써 화자의 다른 어떠한 왜곡진 목적을 가진 역사적이요 부도덕적인 것이 아니라 그야말로 순수하고 바람직한 행동 규범에 따른 소명 의식을 표현한 것이라 볼 수 있다. '굴포운하'에 따른 역사적인 소명을 '충남과 서산시에 제안'하고자 하는 까닭이다. '태안읍 인평리와 서산 팔봉면 어송리 간間/그 경계의 운하 건설/호남 지역 곡물을/서해안 바닷길을 통해 한양으로 운송하고자/노력한 흔적 모아 다시 복구해 보면 어떨까'하고 제안하기 위한 진실한 마음의 표현이 아니겠는가.

시인은 '터널 뚫는 기술은 세계 최고라 자부한다/전 세계인을 불러 모아 잔치를 하자/우리 충남의 문화유산 살리기에/〈힘쎈충남〉이 다시 도전해 볼 일이'라고 당당한 의지를 돋보인다. 그리고 '굴포운하'는 '세계적 파나마운하와 수에즈운하보다/훨씬 앞선 고민이 우리 대한민국,/891년 동안 침묵하고 있는 굴포운하가/여기, 글로벌 충남 지역 서산에 있다'고 자부하고 있다. 이러한 시인의 외침은 오늘날 여러 가지 시적 표현의 힘으로 위장된 채 범람하고 있는 오늘날의 시 세계에 새로운 극점極點을 보여주고 있으면서, 한편으로는 역사적 소명 의식을 드높여 주고 있는 모습이기도 하다.

시인은 또 「오해와 확신」이란 시작품에서조차 '굴포운하'를 향하여 '우수경칩이라네요/겨우내 언 마음을 풀어야 합니다/아직 당신은 나에게 얼음입니까'라 물으면서 '나는 당신에게 물레방아입니다/서로 흐르고 돌아/멈추지 않는 사랑이어야 합니다'라는 답을 기다린 것이 아니라 '운하는 아직도 동면冬眠입니까'라는 절규적인 몸부림의 모습을 그려주기도 한다.

이와 같은 화자의 역사적 소명 의식은 일제가 약탈한 서산 부석사의 '금동관세음보살'이 2023년 10월 일본 대마도 관음사에 소유권이 있다는 대법원의 판결함에 따라 결국 2025년 1월 24일부터 5월 5일까지 약 4만 명의 불자, 시민이 친견하게 됨에 이를 지켜본 결과로 나타난다. 화자는 '약탈의 약탈로/약탈을 위한 약탈은/약탈이 될 수 없는 것인가'라면서 '왜 나만 정직한 거 같은가/왜구에게 도난 당한 당신/100일간의 귀향만 허락되다니'라면서 비극적인 역사적 사실 앞에 통탄하는 모습을 사실 그대로 시작품 「100일 동안의 제자리」에 그려놓고 있기도 한다. '네가 나에게로 와서 물방울 되듯/굴포운하 어귀쯤 너를 기다릴 수만 있다면/장맛비에 키 큰 억새가 휘청휘청/그 빗물로 나는 흐르고 흘러/가로림만과 천수만 거기쯤에서 만날 것'(시 「장마」 중에서)을 확신하기도 한다. 이는 '뽀얀 속살이 가지런히 누워/나를 유혹하는 것을 즐기는 나는/망설임 없이 안부를 묻고 깐 쪽파를 모두 사곤 했다/지금은 보이지 않는 또 하나의 미리내/이것이 미르의 시작'(시 「서산시장 풍경」 중에서)이라는 애향 정신으로까지 확산되고 있음을 보여준다. 이러한 정신은 '첫 연인의 추억이 있는 소라와 멍게/이런 수산물이 싱싱한 수족관에서/생물로 유혹하는 향기/이 맛을 지나칠 수 없어/찰박과 주꾸미를 검정 비닐봉지에 담는다/어찌 이 해산물을 보고 한 잔이 그립지 않을쏘냐/오늘 저녁은 딱 운하 한 병만'(시 「등대수산」 중에서)을 말하고 있는 일상적인 삶의 현장에서도 역사적 소명 의식에 따라 '운하'라는 구체적인 모습으로 뚜렷이 육화(肉化)되어 나타난다.

2. 근원적 삶에의 추구

다양한 삶의 제 방식은 순간적으로 동시성을 획득하면서 한 편의 짧은 작품 속에 응집하여 나타난다. 일상생활로부터 어느 한순간 생활 둘레에서 수없이 표출되는 생활에서의 각종 비견과 더불어 영혼의 비밀한 마음, 즉 생각과 지각과 감정 등을 직접적으로 이해하거나 전달하는 능력을 발휘하면서 어떠한 존재와 사물과 동시에 교감할 수 있는 것을 제공받음으로써 한 편의 시작품을 탄생시킬 수 있게 된다. 시가 만약에 단순한 삶의 과정에서만 이루어진다면 삶 그 자체만도 못한 결과물이 될 수가 있다. 그러나 시는 삶, 그 이상을 뛰어넘어 새로운 삶의 방향을 제시받기도 하고, 또 새로운 삶 그 자체를 재생산하여 그 가치를 높여주기도 한다. 이때 바로 한 편의 시는 가장 산만하고 가장 이완된 일상의 삶에 동일성同一性을 획득하게 함으로써 일상의 삶에 동시성同時性을 추구하게 하고, 또 그만큼 일상의 삶을 윤택하게 이루어 주기도 한다. 시집『굴포운하』에 함께 한 울을 이루고 있는 시작품을 중심으로 살펴보기로 하자.

허기가 닿아도 마음뿐/혼자 식당 문을 열지 못한다/지나며 힐끗 곁눈질/아무런 걱정 없는 표정으로/소주 한 병 국밥 한 그릇/수저를 놓으면/소주잔이 허공에 매달리고/소주잔이 내려오면/수저가 국밥 속으로 빨려 들어가는/그런 풍경 보며 두어 발짝 떼다/들어가 볼까 망설이는데/그 남자와 눈이 마주친다/세상 슬프지 않군/저잣거리 군중들이야 자기 소관이고/소주 한 병으로 허기를 달래는 데 문제없으니/너도 한번 해보라는 듯/몽롱하고 편안해 보이는 얼굴로 유혹한다/혼술 혼밥이라는 것/처음이 어렵지 별거 아니야!/배고프면 들어와 섞여 봐/대중 식사가 대충 식사는 아니거든/소머리국밥 김치찌개 된장찌

개/차림표만으로 창자까지 도달한 비애를 안고/대중 속
출입문을 벌컥 열었다

- 시 「별거 아니야」 전문

화자는 '혼술 혼밥이라는 것/처음이 어렵지 별거 아니
야!'라고 진술하고 있으나 일상의 삶 속에서 '혼술 혼밥이
라는 것'은 사실 별거가 된다. 인간의 삶에서 먹는 것만큼
큰일도 없으리요마는 오늘날 현대인이 살고 있는 독거獨居
생활의 한 단면적 측면에서 살펴본다면 '혼술 혼밥'이야말
로 전체 사회에 미치는 영향은 보다 많은 사회적 문제를 야
기할 수 있는 큰일이 아닐 수 없다. '허기가 닿아도 마음
뿐/혼자 식당 문을 열지 못한다'는 것은 바로 이러한 한 사
회적 삶의 단면을 말해주고 있다. 당연히 한 가정 속에서
식솔과 함께 '허기가 닿'으면 함께 나누어야 할 식사를 하
지 못하고 살아가는 독거 생활의 아픔은 바로 가족적인 삶
을 이루지 못하는 데에서부터 시작된다. 홀로 '혼밥'을 먹
는다는 그 자체에서 삶의 균형은 깨어진다.

화자는 혼자 먹는 '혼밥'이 왠지 두려워진다. 그래서 음
식점 앞을 지나다가 주저하다가 겨우 '힐끗 곁눈질'을 한
뒤에서야 '아무런 걱정 없는 표정으로/소주 한 병 국밥 한
그릇/수저를 놓으면/소주잔이 허공에 매달리고/소주잔이
내려오면/수저가 국밥 속으로 빨려 들어가는' 모습을 본
다. 그런데 이게 무슨 일인가. 참으로 가슴 벅찬 희열로 반
전을 이루는 행운이라니! '두어 발짝 떼다/들어가 볼까 망
설이는데/그 남자와 눈이 마주친다'는 것이 아닌가. 마주

치는 순간 '세상 슬프지 않'다는 것을 깨닫는다. 이는 비로소 '혼술 혼밥'에서 벗어날 수 있는 행복의 순간이요 지극히 정상적인 삶의 모습이다. '저잣거리 군중들이야 자기 소관이고/소주 한 병으로 허기를 달래는 데 문제없으니/너도 한번 해보라는 듯/몽롱하고 편안해 보이는 얼굴로 유혹한다'. 아니 이렇게 유혹당하는 상황이야말로 평범하고 일상적인 삶의 기쁨에 젖는 일이다. 이에 따라 '혼술 혼밥이라는 것/처음이 어렵지 별거 아니야!/배고프면 들어와 섞여 봐/대중 식사가 대충 식사는 아니거든/소머리국밥 김치찌개 된장찌개/차림표만으로 창자까지 도달한 비애를 안고/대중 속 출입문을 벌컥 열었다'는 것이다. 즉 알고 보면 '혼술 혼밥'에서 벗어난다는 것은 지극히 일상적인 삶의 방식으로 살아가는 것이요 일상적인 삶에 젖어 지극히 평범한 보통 사람들이 평범한 삶의 방식으로 살아간다는, 삶의 진리로서「별거 아니다」라는 것을 말해주고 있는 것이다.

① 나의 존재감을 느끼게 하는 터/나는 창 너머로 익어 가는 감을 바라본다/거칠고 마른 가지에 주렁주렁 매달린/감, 너의 하루 일과는 어떤 거야?/그냥 궁금해졌어

- 시「감나무를 바라보다」의 끝부분

② 나라면 너처럼 웃지 않겠다/그까짓 주식에 하루/빨간불 들어왔다고 좋아한들/허구한 날 파란불로 곤두박질 친/손해가 복구되진 않는단다

- 시「모르는 척」둘째 연

③ 텃밭에서 자라나는 채소와/집 주변에 심어놓은/감
밤 대추 은행나무 /주렁주렁 매달린 열매가 소용없네

- 시「빈집」5연

④ 내 생각과 다르다고 무시하지 말기/내 뜻과 맞지 않
는다고 놓치지 말기/내 말을 잘못 알아들어도 핀잔하지
말기

- 시「별거 아닌데」셋째 연

위에 예시한 4편의 시작품에서 각각 그 일부를 살펴보면
단편적인 삶의 모습을 엿볼 수 있다. 시가 굳이 어떤 것을
의미하는 것만이 아니라 존재하는 것이라는 것을 깨닫게
하면서 시는 모든 삶의 숨결이자 삶의 정수精髓를 말해주는
것이라는 것이 새삼 확인됨을 알 수 있다. ①의 시작품「감
나무를 바라보다」가 문득 화자 스스로의 존재감을 느낌으
로써 하루의 삶을 인식하게 되었으며, '그까짓 주식에 하루'
를 보냐면서 '빨간불'이나 '파란불'의 희비에 좌지우지되는
모습을 바라보면서 냉정한 삶의 자세를 보이고 있는 ②의
시작품「모르는 척」에서, '폼나는 큰집 짓고/품 넓게 공간
넓어지면/사랑도 커져 행복할 줄 알았'는데 결국에는 '텃밭
에서 자라나는 채소와/집 주변에 심어놓은/감 밤 대추 은
행나무/주렁주렁 매달린 열매가 소용없'다는 것을 뒤늦은
깨달음으로 읊은 ③의 시작품「빈집」은 시란 삶을 육성시키
고, 그러고 나서 매장시키는 지상의 역설임을 확인할 수 있
게 한다. 또한 시의 세계에 들어온 근본적인 삶의 원리는 쉽

게 붕괴되는 것이며, 어떠한 오류를 범하였다 하더라도 크게 문제가 되지 않음은 물론 영속성을 유지할 수 없다는 것을 ④의 시작품 「별거 아닌데」에서 찾아볼 수 있다.

위와 같이 살펴본 4편의 시작품에서도 알 수 있거니와, 화자는 일상의 삶 속에서 전광석화電光石火처럼 떠오른 삶의 가치에 따른 참뜻을 발양發揚함으로써 일반적인 시의 감성으로부터 탈출함은 물론 삶을 비감성화非感性化 시키면서 근원적인 삶을 추구하고 있음을 보여준다.

3. 야성野性으로의 반전反轉

인간은 의사소통 수단으로 언어를 가지고 있다. 그 언어를 통해 감정을 표현하고 의사를 소통한다. 그런 가운데 언어가 가지는 소리와 의미로 임의적인 사회적 약속 속에서 이전에 없던 말로 무한한 가치를 창조하는 능력을 가진다. 따라서 "인간은 그의 마음과 언어에 의해서만 가치가 주어지는 그런 존재이다. 그것을 빼면 인간에게는 피에 젖은 보잘 것 없는 육체의 성城밖에 남는 것이 없다"(C.V.게오로규의 《마호메트의 생애》 중에서)고 말할 수 있다. 그러한 가운데 시는 야성野性 그대로를 가진다. 자연 또는 본능 그대로의 성질을 가진다는 것이다. 따라서 시는 언제나 시 자체만을 위한 표현으로 창조되고 앞으로도 그렇게 탄생되어질 것이다. 몇 편을 임의로 뽑아 살펴보기로 한다.

근질해지기 전 미리 긁어줘야겠다/땅 위에 쑥쑥 자란
쑥을 캐는데/손주 손녀의 여린 몸이 생각났다/키가 크려
면 연골 마디가/근질거리기 마련이고/아무렇지 않다가/
갑자기 생장통을 느끼잖은가/봄이면 쑥대밭 되는 묵정
밭/풀만 자라는 거 같아 눈길을 주지 않았지/마음 돌려
자주 둘러보니/쓸모 있는 동반 약초 식물들이 지천이다/
냉이 캐고 나니 쑥이 쑥쑥/우슬뿌리 캐노라니 꾸지뽕나
무뿌리가 뽕뽕/화살나무 가지를 전지하자/쏜살처럼 손
뻗친 나의 동반 사랑들/아이야, 내가 이곳에 정 두노
니/쑥 캐며 가려웠던 땅바닥 호미로 긁어주노니/아가야,
맨발로 뛰놀며 쑥쑥 크거라

- 시 「쑥쑥」 전문

이 시작품에서 '쑥쑥'이란 중의적인 의미를 가지고 있
다. '쑥'이란 식물의 이름을 가리키고 있지만, 첩어疊語로 사
용하면 의태어擬態語가 된다. 즉 '사람이나 사물의 모양 또
는 움직임 따위를 흉내 내어 만든 말'로 갑자기 자라거나
크는 모양을 나타내는 의미를 가지게 된다. 따라서 '쑥'은
식물의 이름을 일컫는 것이요, 모양이나 움직임을 가리키
는 두 가지 의미를 가진다. 화자는 이런 쑥을 캐면서 '손주
손녀의 여린 몸이 생각났다'는 것이다. '쑥'은 언어의 상대
적인 존재, 즉 시의 대상이 되어 있지만, 이를 시속에 창조
되어 '손주 손녀의 여린 몸이 생각났다'는 것이다. 이는 화
자의 이쪽에서 야성 그대로를 본능 그대로의 성질로 환치
되면서 '손주 손녀'에 대한 지극한 사랑이 된다. 그 사랑은
곧 '키가 크려면 연골 마디가/근질거리기 마련이고/아무

렇지 않다가/갑자기 생장통을 느끼'면서 구체적으로 확산 된다. '봄이면 쑥대밭 되는 묵정밭/풀만 자라는 거 같아 눈 길을 주지 않았지/마음 돌려 자주 둘러보니/쓸모 있는 동 반 약초 식물들이 지천'임을 발견하게 된다. 이는 곧 시가 가질 수 있는 궁극적인 가치 기준을 고양해 주는 역할을 하 고 있다는 것을 보여줌이다. 여기에서 화자는 '쑥'에 만 머 문 것이 아니라 '냉이 캐고 나니 쑥이 쑥쑥/우슬뿌리 캐노 라니 꾸지뽕나무 뿌리가 뽕뽕', 즉 '쑥쑥'이 '뽕뽕'으로 확 산되면서 첩어가 가지는 리듬 감각을 솟아나게 하면서 첩 어가 가지는 리듬감으로 촉진 시켜주어 시에서 맛볼 수 있 는 즐거움을 한층 드높여 주고 있다.

　이 시는 서사적 구조로 이루어져 있다. 화자는 어느 날 성 장할 때의 간지러움을 느끼면서 '땅 위에 쑥쑥 자란 쑥을 캐 는데/손주 손녀의 여린 몸이 생각'을 하게 된다. 갑자기 성 장통을 떠올린다. 그러다 보니 그동안 '풀만 자라는 거 같 아 눈길을 주지 않았지/마음 돌려 자주 둘러보니/쓸모 있 는 동반 약초 식물들이 지천'이라는 것을 새삼스레 발견하 게 되고, 이로 인하여 '봄이면 쑥대밭 되는 묵정밭'을 확인 하게 된다. 그리하여 '꾸지뽕'으로 '뽕뽕' 전이됨은 물론 '화 살나무 가지를 전지하자/쏜살처럼 손 뻗친 나의 동반 사랑 들'까지도 만난다. 그리하거니와 어찌 화자의 소망이 피어 오르지 아니하겠는가. '아이야, 내가 이곳에 정 두노니/쑥 캐며 가려웠던 땅바닥 호미로 긁어주노니/아가야, 맨발로 뛰놀며 쑥쑥 크거라'고 빌어본다. 이 '쑥쑥'이라는 시작품 이야말로 시가 가지는 모든 시적 요소와 함께 서사적 구조

로 시적 가치를 높여주고 있거니와, 이 시집『굴포운하』에
서 가장 돋보이게 하는 작품이라 말하지 않을 수 없다.
　화자는 말한다. 발걸음 곁에 피어난「오이꽃」을 예리한
시선으로 '무슨 설움 갖고 태어났을까//온몸 가시 품은
채//무슨 사연 그리 많았을까//꼭지에 노란 별 매단 채//
누굴 기다리고 있을까//뾰족뾰족 독이 올라 약 오른 채'(시
「오이꽃」 전문) 피어나고 있음을 바라보면서, '시간에도 틈이
있다//당신과 나 사이//하늘과 바다처럼//풀과 꽃처럼//
간극間隙의 거리 닮은 틈//세월에도 틈이 있다//당신과 나
사이//주름과 주름처럼//생각과 생각처럼//좀처럼 좁혀
지지 않는 틀'(시「당신과 나 사이」 전문)에서처럼 삶의 간극을 발
견하기도 한다. 특히 '번지다 번지다/퍼지다 퍼지다/찍힌
점 하나 눈물 점 하나//지금 우리는 어디로 가고 있습니
까/묵향이 국민의 목소리 되어 함성으로 번질 때/나는 당
신의 목덜미와/나는 당신의 귓볼에서 흐르는/서러움 한
방울 닦아줄 수 없는 짝사랑입니다'(시「묵향墨香」 전문)에서 볼
수 있는 바와 같이 화선지 위에 '찍힌 점 하나 눈물점 하나'
하나가「묵향墨香」으로 번지어 마침내 '지금 우리는 어디로
가고 있습니까/묵향이 국민의 목소리 되어 함성으로 번질
때' 엄청난 삶이 펼쳐지는가 했더니 화자 자신의 내면으로
돌아와 '나는 당신의 목덜미와/나는 당신의 귓볼에서 흐르
는/서러움 한 방울 닦아줄 수 없는 짝사랑입니다'라 말하
는 이러한 시적 반전反轉은 화자만이 누릴 수 있는 특권이
주어진 것이 아니라 시를 함께하는 모든 독자들에게 보여
주는 화자의 야성野性에서 비롯된 것이라 하겠다.

4. 밝은 세상으로의 지향志向

시의 소재를 찾기 위해서는, 무엇을 쓸 것인가를 위해서는 우선 무엇인가를 준비하지 않으면 안 된다. 무엇을 관찰하여야 함을 우선으로 하고, 자기가 알고 싶은 대상 쪽으로 시선을 두지 않으면 안 된다. 세상에서 무엇을 찾아 나서고, 무엇을 찾아 안다는 것은 자기 자신에 의한 정신작용에 따르기 마련이다. 좋은 시는 좋은 시의 소재와 만남의 순간부터 시작되기 때문이다. 그러므로 많은 시인들은 새로운 소재를 꾸준히 준비하려 한다. 그 소재를 찾기 위하여 낯선 곳으로의 발걸음을 재촉하기도 하고, 스스로 자기 자신을 바라보는 자아 성찰의 철학적 사고의 모습을 보이기도 한다. 그래서일까. 시집 『굴포운하』 시작품에서 여러 지명이 시의 제목으로 나오고, 현실적 삶에서의 자기성찰의 모습을 보이기도 한다.

곁에 있던 당신이 보이지 않기 시작했습니다/탑새기*처럼 둥둥 떠다니다가/하루살이 되어 장난을 치기도 하고/거미줄로 칭칭 감은 듯/검은 그림자로 검은 구름으로 나를 괴롭힙니다/나는 당신을 잡으려야 잡을 수 없쯥니다/눈동자를 움직일 때마다/눈앞에 서성이기에 내게로 온 줄 알았습니다/착각은 훨훨 날아/저 너머 바람처럼 언덕으로 줄행랑치는 것이/내게서 잊힐 연습하는 거라 생각했습니다/나는 이미 늙어가고 아픈 허리 뒤틀려/눈마저 빙글빙글 중심 잡지 못하니/당신을 어찌 붙들 수 있겠

습니까/모든 그림자는 검게/내 눈에서 당신이 멀어지듯/
치밀하여 차마 붙들지 못하고/허공에 헛손질만 하고 있
습니다/내가 이렇게 당신을 보지 못하고/실명에 이르러
야 하겠습니까

    * 탑새기 : 충청도 사투리로 '먼지'라는 의미

- 시 「비문증飛蚊症」 전문

「비문증飛蚊症」이란 '날파리증'이라 하여 눈앞에 먼지나
벌레 같은 뭔가가 떠다니는 것처럼 느끼는 증상으로, 하늘
이나 흰 면 등 밝은 면을 볼 때, 하나 또는 여러 개의 점을
손으로 잡으려 해도 잡히지 않고, 시선의 방향에 따라 날파
리가 눈앞에서 날아다니는 듯이 보이는 일종의 질환이라
고 한다. 10명 중 7명 정도가 경험할 정도로 상당히 흔한
질환으로, 대부분 나이에 따른 자연스러운 변화이기 때문
에 대부분 문제가 없다고는 하지만 이 증상이 나타나면 혼
란스럽기도 하다. 그래서일까, 화자는 이 비문증으로 인하
여 '곁에 있던 당신이 보이지 않기 시작'한 것이다. 눈앞에
서 '탑새기처럼 둥둥 떠다니다가/하루살이 되어 장난을 치
기도 하고/거미줄로 칭칭 감은 /검은 그림자로 검은 구름
으로 나를 괴롭'히고 있다. 그러므로 '눈동자를 움직일 때
마다/눈앞에 서성이기에 내게로 온 줄 알았'고, 그 '착각은
훨훨 날아/저 너머 바람처럼 언덕으로 줄행랑치는 것이/
내게서 잊힐 연습하는 거라 생각'하기도 한다. 이는 곧 현
실에서 멀어져 있는 화자의 내면적 고백이라고 할 수 있다.
삶을 직시하고자 하는 눈 뜬 자의 고독한 삶의 한 모습이라

고도 할 수 있다. 화자는 '나는 당신을 잡으려야 잡을 수 없'으며 '눈동자를 움직일 때마다/눈앞에 서성이기에 내게로 온 줄'로 '착각'을 하여 '저 너머 바람처럼 언덕으로 줄행랑치는 것이/내게서 잊힐 연습하는 거라 생각'하기도 한 것이다. 이는 곧 현실에서 멀어지고 있는 자기소멸 또는 자기 해체의 모습이다. 화자는 마침내 '나는 이미 늙어가고 아픈 허리 뒤틀려/눈마저 빙글빙글 중심 잡지 못하니/당신을 어찌 붙들 수 있겠'느냐고 자포자기에 이른다.

'모든 그림자는 검게/내 눈에서 당신이 멀어지듯/치밀하여 차마 붙들지 못하고/허공에 헛손질만 하고 있'는 자아의 발견, 그리고 '내가 이렇게 당신을 보지 못하고/실명에 이르러야 하겠습니까'하고 모순적인 삶을 살아가고 있는 현대인의 절망에 찬 현실을 극복하기 위해 자기소멸 또는 자기 해체의 삶을 지향하면서 살아가고 있는 현대인의 비극적 현실의 생존방식을 보여주고 있다.

그러나 화자는 현대적 삶의 생존방식으로 '지금은 과거는 묻지 않고 말하지 말자//내일도 말하지 말자/내일은 없으니까 우리는/오늘만 살자 해서 꼭 붙들고 다녀/진정 사랑하는 아우에게 할 말 있네/늙은이 푸념이라 생각해도 좋으니/내 말 꼭 들어주게'(시 「육성肉聲, 오늘만 살자」 끝부분)고 말했다가도 '주변을 살피며 느리게 느리게 걷고 싶다/느림의 미학을 느끼며/오래도록 진한 감동을 주는, 어쩌면/참 바보 같은 사람이 되어 보는 것도 재미있다'(시 「육성肉聲, 오늘만 살자」 끝부분)고 역설적으로 긍정적 삶의 방식을 지향하고 있다. 이에 따라 화자는 '난 주중이 좋아요/남들 다니지 않고

일할 때/골라서 놀러 다니려고요/어떡하면 편히 인생 즐
길 수 있을까/그러려고 매일 술래잡기 놀이에 매달려요'(시
「오늘도 나는 술래」 끝부분)에서 와 같이 밝은 세상을 지향하고 있
음을 보여주고 있다.

■ 나오면서

지금까지 필자는 오영미 시인의 91편의 시작품과 함께하
면서 '과연 시란 무엇인가'를 하는 생각에서 벗어날 수 없었
다. 오영미의 시는 이미 우리의 삶 속에서 이미 익숙해져 있
고 이미 단련된 삶의 방식으로부터 가까운 곳에서 손쉽게
얻을 수 있는 명백한 현실에 비하여, 보다 무엇인가 비현실
적인 삶을 요구하면서 그것을 시 속에 용해鎔解시켜 놓고 있
다. 그렇다면 언어의 한 방법에 의하여 재구성하여 이룩한
또 다른 삶의 한 모습을 보여주고 있음이 분명하다. 그러한
가운데 시인 오영미는 자기 자신이 설계하여 이룩한 언어
의 성城 안에서 삶을 어떻게 육성하고 있으며, 어떻게 활성
화하여 향유하고 있는가를 명백하게 보여주고 있는 것이라
하겠다. 무릇 시는 시인의 정신 영역 속에서 숙성시키고 발
효시켜 이룩한 언어의 성城 안에 굳건하고 내밀內密한 성역聖
城을 구축해 놓고, 견고하게 향유享有하고 있는 가운데 어엿
하게 자리하는 존재이기 때문이다. 시인 오영미가 긍정적
으로 시인이란 이렇고, 시란 이렇다고 축성 해놓은 언어의
성城이 더욱 견고해지고 찬란해지기를 기대한다.